O castelo de gelo

Tarjei Vesaas

O castelo de gelo

tradução
Leonardo Pinto Silva

todavia

I.
Siss e Unn

I.
Siss

Um rosto jovem e alvo a luzir na escuridão. Uma menina de onze anos. Siss.
Na verdade ainda era tardinha, mas já estava escuro. A agonia de um outono congelante. Estrelas, mas sem lua no firmamento, e nada de neve para refletir a luz — a escuridão, apesar delas, era total. De ambos os lados, a floresta morta e silente encerrava tudo o que bem poderia estar vivo e congelando naquele exato instante.
Siss remoía muitas coisas à medida que caminhava envolta pela neblina. Pela primeira vez estava indo à casa de Unn, uma garota que mal conhecia, desbravar algo incerto, e por isso mesmo tão excitante.
De repente, um sobressalto.
Um estrondo interrompeu esses pensamentos e se intrometeu na expectativa. Um ruído violento, seguido de um eco que ia se distanciando, se distanciando, sufocado até morrer. Era o gelo no grande lago mais abaixo. Perigo não havia, na verdade era até um bom presságio, o barulho indicava que o gelo estava se consolidando. Trovejando como pólvora, rasgando a superfície como faca afiada e penetrando até as entranhas — e mesmo assim a camada de gelo estaria mais firme e segura a cada manhã. As geadas do outono haviam sido extremamente longas e penosas.
Frio de rachar. Mas Siss não tinha medo do frio. Não era *isso*. Susto mesmo lhe deu o barulho inesperado naquele breu, mas então lá ia ela novamente pela estrada.

O caminho até a casa de Unn não era longo. Siss o conhecia bem, era quase o mesmo que fazia para ir à escola, exceto por um trechinho adicional. Por isso também a deixaram ir sozinha, mesmo quando já não estava claro. O pai e a mãe não tinham essas preocupações. Vá pela estrada principal, apenas recomendaram quando ela se despediu. Tanto fazia o que dissessem. Quem tinha medo do escuro era ela.

Estrada principal. De todo modo, não era nada divertido percorrê-la sozinha. A expressão tensa no semblante era por causa disso. O coração tamborilava acelerado sob o forro do casaco. Os ouvidos estavam atentos — porque estava tudo muito quieto na beira da estrada, e porque ela sabia que outros ouvidos, ainda mais atentos, a escutavam desde lá.

Seus passos, então, tinham de ser firmes e decididos pelo chão duro como pedra, o ruído de cada passada precisava ser audível. Ceder à tentação de caminhar pé ante pé seria um grande equívoco, tanto mais partir em disparada. Ela não tardaria a mergulhar num *descabido* pânico.

Siss tinha que encontrar Unn esta noite. Tempo havia de sobra, pois agora as noites eram mais longas. Escurecia tão cedo que Siss poderia passar um bom tempo com Unn e estar de volta em casa antes da hora de ir para a cama.

Imagine o que me espera na casa de Unn. Certamente algo haverei de encontrar. Passei o outono inteiro ansiando por isso, desde o primeiro dia em que a novata Unn deu as caras na escola. Não sei por quê.

A ideia daquele encontro era tão inusitada, uma novidade que enfim se materializava neste dia. Depois de tantos preparativos, era chegado o grande momento.

No caminho para encontrar-se com Unn, sentia até uma vertigem de tanta emoção. O rosto suave partia o vento gélido que soprava.

2.
Unn

A caminho de uma ocasião tão emocionante, Siss pensava no que sabia a respeito de Unn enquanto avançava a passos firmes e decididos, tentando afastar o medo do escuro.

Era muito pouco o que sabia. E de nada adiantaria perguntar às pessoas aqui, elas tampouco teriam algo a acrescentar.

Unn era tão nova por essas plagas, chegara somente na última primavera — oriunda de uma aldeia tão distante que a comunicação entre ambas não existia.

Unn veio para cá depois que ficou órfã, era o que se comentava. Sua mãe adoecera e morreu, nos confins do lugar onde viviam. Não era casada e não tinha parentes próximos, mas nas cercanias do vilarejo morava uma irmã mais velha, por isso Unn veio ficar com a tia.

Fazia anos que a tia vivia aqui. Siss só a conhecia de vista, embora sua casa não fosse tão distante de onde morava. Levava uma vida solitária numa chácara e tentava se haver como podia. Raramente era vista, exceto quando ia às compras no mercado. Siss ouviu dizer que Unn foi muito bem recebida no novo lar. Certa vez, Siss esteve lá com a mãe, que precisava de ajuda para coser um tecido. Isso foi anos atrás, bem antes de a existência de Unn ser conhecida. A única lembrança que ficou foi a de uma mulher solitária e gentil. Nada de mau se dizia dela.

Sucedeu o mesmo com Unn assim que chegou: ela não fez amizade com as meninas, pelo menos não da forma como estavam esperando. Cruzavam com ela pela estrada ou em outros lugares em que seria impossível não se esbarrarem. Trocavam olhares como se não se conhecessem. Só isso e nada mais. O fato de não ter pai nem mãe lhe conferia uma luz própria, uma aura que as outras meninas não conseguiam explicar direito. Mas sabiam que esse estranhamento tinha os dias contados: quando chegasse o outono, todas se encontrariam na escola e pronto.

Siss não moveu uma palha para se aproximar de Unn durante as férias de verão. De vez em quando a encontrava, sempre acompanhada da amável tia. Numa dessas ocasiões, notou que era quase da mesma altura da menina. Elas se entreolharam, admiradas, e rapidamente cada uma seguiu seu rumo. Por que se admiraram não sabiam ao certo, mas algum motivo deveria haver...

Unn era muito reservada, era só o que se comentava. E isso deixava tudo muito excitante. Na escola, todas as garotas queriam conhecer a tímida Unn.

Siss tinha um motivo em especial para ansiar tanto por isso: era considerada por todos a *líder* na hora do intervalo. Estava acostumada a sugerir o que cada um deveria fazer. Embora nunca tenha se demorado pensando sobre o assunto, as coisas eram assim e não a melindravam. Ela se sentia à vontade como líder para receber Unn de braços abertos e incluí-la no grupo.

Quando começaram as aulas, todos se reuniram ao redor de Siss como de costume, tanto meninas quanto meninos. Ela adorava aquilo, a mesma emoção que se repetia a cada novo ano escolar, e talvez até fizesse das suas para se manter nessa posição.

A poucos passos dali, a discreta Unn assistia a tudo. Os outros a mediram de cima a baixo e a acolheram sem demora. O que poderia haver de errado com ela, afinal? Uma menina tão doce. Adorável.

Mas ela fincou pé onde estava. Até tentaram dar um jeito de atraí-la, mas sem sucesso. No centro do grupo, Siss ficou esperando pela novata, e assim transcorreu o primeiro dia de aula.

Assim transcorreram vários dias. Unn não dava sinais de querer se aproximar. Por fim, foi Siss quem foi até ela perguntar:

— Você não vem?

Unn respondeu balançando a cabeça.

As duas logo se deram conta, porém, de que gostaram uma da outra. Uma centelha brilhou naquela troca de olhares. *Preciso conhecer melhor essa menina!* Um sentimento curioso, mas autêntico.

Siss repetiu, surpresa:

— Não vem ficar com a gente?

Unn sorriu ressabiada.

— Ah, não...

— Mas por quê?

Unn não tirava o sorriso do rosto.

— Não posso.

Nesse instante, uma espécie de feitiço as uniu, ou pelo menos foi essa a impressão que Siss teve.

— O que te impede, então? — perguntou Siss de supetão, meio estúpida, para logo se arrepender. Unn não parecia ter uma razão que a impedisse. Pelo contrário.

O rosto de Unn enrubesceu.

— Não, não quis dizer isso.

— Nem eu! Mas seria muito divertido se viesse.

— Não me pergunte mais sobre isso — disse Unn.

Siss sentiu como se lhe jogassem um balde de água fria e ficou muda. Voltou para os amigos desconcertada e lhes contou o que acontecera.

Eles não voltaram a procurar Unn, que permaneceu onde estava, sozinha, sem ser incomodada. Chegaram até a comentar que ela estava sendo arrogante, mas esse era o tipo de rótulo que não lhe cabia, e exatamente por isso ninguém mais a importunou — havia algo nela que impedia essas coisas.

Durante as aulas, ficou evidente que Unn era uma aluna das mais brilhantes, mas ela mesma não se deixava afetar, e por isso ganhou ainda mais respeito dos colegas.

Siss percebia bem o que estava acontecendo. Achava que Unn a cada dia parecia mais resistente, isolada em seu lugar no pátio da escola — não era nenhuma coitadinha, porém. Siss continuava a exercer com sucesso seu poder de persuasão — no entanto, sentia que Unn era a mais forte, por mais que não esboçasse reação, por menor que fosse sua interação com os demais. Estaria ela fadada a perder seu posto para Unn? Quem sabe até os colegas também pensassem assim, mas simplesmente não tivessem coragem de abandoná-la? Unn e Siss despontavam ali como duas rivais, travando uma batalha silenciosa, uma questão que dizia respeito apenas a ela e à recém-chegada. Não era algo expresso em palavras.

Em pouco tempo, Siss notou que Unn não parava de encará-la durante as aulas. Unn sentava-se duas fileiras atrás, melhor lugar para observá-la não havia.

Siss sentia um formigamento pelo corpo. Uma sensação tão prazerosa que não se dava o trabalho de esconder. Ela fingia que não era nada de mais, mas era uma sensação diferente e até reconfortante. Não era um olhar invasivo nem enciumado, havia *desejo* naqueles olhos — ela logo percebeu ao fitá-los também. Havia expectativa. Unn afetava indiferença assim que saíam da sala, evitava se aproximar. Mas uma certeza Siss tinha ao sentir aquele formigamento se espalhando pelo corpo inteiro: Unn está sentada logo ali, de olhos postos em mim.

Ela tinha o cuidado de não confrontar aquele olhar, não se atrevia a tanto ainda — uma espiadela furtiva quando se pegava distraída e só.

Mas o que Unn queria, afinal?
Um dia ela vai revelar.
Lá fora, ela continuava encostada na parede sem tomar parte nas brincadeiras. Apenas observava, fixamente.
Esperava. Quem espera sempre alcança, dizem. Nesse meio-tempo, tudo permaneceria como estava. Mas que era uma situação estranha, isso era.
Em relação aos demais, o melhor era que nada daquilo transparecesse. Isso, ao menos, ela achava que estava conseguindo fazer. Até certo dia uma amiga abordá-la, um tanto enciumada:
— Você dá muita importância a Unn.
— Não dou.
— Não dá mesmo? Você passa o tempo inteiro prestando atenção nela. Acha que a gente não repara?
— Eu faço mesmo isso? — perguntou Siss, indignada.
A amiga riu, desdenhosa.
— Faz muito tempo que achamos que sim, Siss.
— Muito bem, então que seja, vou olhar o quanto eu quiser!
— Ah!

Siss pensava muito sobre isso. E finalmente chegou a hora. Agora, hoje. Foi por isso que ela veio até aqui.
De manhã cedo lá estava o bilhete sobre a carteira de Siss:
Preciso te ver, Siss.
Assinado: Unn.
Um raio de luz vindo de algum lugar.
Ela se virou e deu com aquele par de olhos. Olhos que invadiam e se deixavam invadir. Era tão estranho. Mais que isso ela não sabia, mais que isso ela não conseguia nem imaginar.
Outros bilhetes foram trocados naquele dia tão especial. Mãos prestativas os repassavam de carteira em carteira.
Também quero muito te encontrar.

Assinado: Siss.
Quando posso te ver?
Quando quiser, Unn! Pode ser hoje.
Então vai ser hoje!
Quer ir na minha casa hoje, Unn?
Não. É você quem tem que ir na minha casa, senão não quero.

Siss virou-se abruptamente. O que foi isso? Viu aqueles olhos, reparou que Unn assentia para o que estava escrito no bilhete. Siss não hesitou nem por um segundo e escreveu a resposta:
Eu vou.

E assim terminou a troca de bilhetes. A conversa só foi retomada depois que a aula chegou ao fim. Uma troca de palavras tão breve quanto discreta. Siss perguntou se Unn não gostaria de voltar junto com ela para casa.

— Não, por quê? — disse Unn.

Siss estancou. Teve a impressão de que o motivo era a tia de Unn, uma pessoa humilde e sem posses — e também porque era ela quem estava mais acostumada a receber amigas em casa. Sentiu *vergonha* e não podia dizer isso a Unn.

— Não, por nada — disse.

— Você disse que viria comigo já, não foi?

— Sim, mas não posso ir com você agora, primeiro preciso passar em casa e avisar.

— É mesmo.

— Então vou hoje à noite — disse Siss, fascinada. O porquê daquele fascínio era um mistério. Era como se o corpo inteiro de Unn estivesse iluminado por uma espécie de aura.

Era isso e nada mais o que Siss sabia sobre Unn — e agora estava a caminho de encontrá-la, depois de ter passado em casa e avisado os pais.

O frio penetrava suas roupas. O chão rangia sob os pés, e o gelo estalava ao longe.

Então despontou no horizonte a casinha onde Unn e a tia moravam. A luz bruxuleava por entre as folhas das bétulas. O coração acelerou de alegria e ansiedade.

3.
Uma única noite

Unn devia estar plantada diante da janela esperando, pois saiu pela porta bem antes que Siss se aproximasse da casa. Ainda vestia as calças compridas do uniforme escolar.

— Devia estar bem escuro, não? — perguntou ela.

— Escuro? Estava, mas tudo bem — respondeu Siss, ainda tensa depois de percorrer a trilha que cortava a floresta.

— E aposto que devia estar muito frio também. Está um frio terrível esta noite.

— Não tem problema também — disse Siss.

Unn disse:

— Foi muito bom você ter vindo hoje. Minha tia disse que você já esteve aqui uma vez, quando era bem pequena.

— É verdade, eu me lembro. E não sabia nada sobre você.

As duas se mediam com o olhar à medida que conversavam. A tia surgiu com um sorriso amável no rosto.

— Esta é minha tia — disse Unn.

— Boa noite, Siss. Entre logo, está muito frio para se demorar aí fora. Aqui está quentinho, tire seu casaco.

A tia de Unn tinha uma voz doce e suave. Elas se acomodaram na pequena sala de estar. Siss descalçou as botas congeladas.

— Você se lembra de como era aqui quando veio antes? — perguntou a tia.

— Não.

— Pudera, mas que diferença faria, nada mudou aqui desde então. Você veio com sua mãe, eu me lembro muito bem.

A tia dava a impressão de gostar muito de conversar; decerto tinha pouca oportunidade de fazê-lo. Unn queria ficar a sós com sua convidada, mas a tia ainda não tinha terminado.

— Desde então só encontro você em outros lugares, Siss. Afinal, por que haveria de vir novamente a esta casa, não é? Quer dizer, não agora, depois que Unn veio morar aqui... quanta diferença! Eu fico muito feliz de ter a companhia dela.

Unn aguardava impaciente.

A tia disse:

— Eu sei, Unn. Mas tenha calma. Siss precisa forrar o estômago com alguma coisa quente.

— Não estou com frio.

— Tem uma bebida prontinha no fogão — disse a tia. — Acho que está tão escuro e tão frio para sair de casa nesta época do ano. Você deveria vir aqui num domingo.

Siss olhou para Unn e disse:

— Não podia, porque era para ser *hoje*.

A tia riu. Parecia mesmo uma pessoa bem-humorada.

— Muito bem então...

— E preciso voltar para casa antes de meu pai e minha mãe irem para a cama — disse Siss.

— Pois bem, venha aqui se servir.

Elas tomaram a bebida quente que a tia lhes havia preparado. Era uma bebida gostosa que as reconfortou. O calor foi se espalhando pelo interior de Siss, deixando-a ainda mais excitada. Agora, finalmente, as duas ficariam a sós.

Unn disse:

— Eu tenho meu próprio quarto. Vamos lá.

Siss estremeceu. Era agora que iria começar.

— Você também tem um quarto só seu, Siss?

Siss assentiu.

— Venha então.

A tia simpática e conversadeira até fez menção de acompanhá-las ao quarto. Mas, pelo visto, não podia. Unn a deteve com tamanha determinação que a tia nem ousou se levantar da cadeira.

O quarto de Unn era minúsculo, e Siss imediatamente percebeu algo de estranho nele. Duas pequenas lâmpadas o iluminavam. As paredes eram adornadas com recortes de jornal e com uma fotografia de uma mulher tão parecida com Unn que não era preciso perguntar quem era. Pouco depois, Siss chegou à conclusão de que o quarto não tinha nada de estranho, pelo contrário, ela mesma o teria decorado exatamente assim.

Unn lançou um olhar inquisitivo para Siss. Siss disse:

— É muito bonito seu quarto.
— Como é o seu? É maior?
— Não, deve ter o mesmo tamanho.
— Nem precisava ser maior.
— Não, não mesmo.

Elas precisavam era daquela conversa para se sentir mais à vontade. Siss acomodou-se na única cadeira disponível, esticando as pernas diante de si. Unn sentou-se no canto da cama e ficou balançando os pés no ar.

Elas se aproximaram. Sem desviar o olhar, como se estivessem examinando uma à outra. Medindo-se. Não era algo trivial — por alguma razão inconsciente. Havia um incômodo por estarem se sentindo assim, acanhadas, frente a frente. Seus olhares se encontravam e transmitiam uma espécie de nostalgia afetuosa, e mesmo assim as duas se sentiam profundamente envergonhadas.

Unn saltou no chão e agarrou a maçaneta da porta. Em seguida, virou a chave.

Siss reagiu ao ruído do trinco e quis saber:

— Por que fez isso?
— Ah. Ela poderia entrar.

— E isso te dá medo?
— Me dá medo? De jeito nenhum. Não é nada disso. Só achei que era para estarmos sozinhas, você e eu. Só nós e mais ninguém!
— Não, ninguém mais vai entrar — Siss repetiu e sentiu uma felicidade tomando conta do próprio corpo. Sentiu que entre ela e Unn começava a se formar um vínculo. As duas voltaram a seus lugares, em silêncio. Unn perguntou:
— Quantos anos você tem, Siss?
— Pouco mais de onze.
— Também tenho onze — disse Unn.
— Somos quase da mesma altura.
— Sim, temos o mesmo tamanho — concordou Unn.
Embora se sentissem mutuamente atraídas, era difícil engatar uma conversa. Elas tateavam os objetos que estavam ao alcance das mãos, desviando o olhar de vez em quando. O quarto estava numa temperatura agradável. Certamente por causa da lareira, mas não só por isso. Por mais quente que fosse, as chamas não teriam efeito caso as duas não estivessem na mesma sintonia.
Naquele aconchego, Siss se adiantou:
— Você está gostando daqui?
— Sim, eu gosto de viver aqui com minha tia.
— Claro, mas não foi isso que quis dizer. Estou perguntando da escola. Por que nunca...?
— Ah, sim. Já lhe disse para não me perguntar sobre isso — respondeu Unn rispidamente, e Siss logo se arrependeu de ter feito a pergunta.
— Você vai ficar aqui para sempre? — emendou ela. Pois que mal haveria nessa pergunta? Haveria algum? Não, claro que não, mas ela não ficou à vontade ainda assim, era fácil perceber.
— Sim, vou ficar aqui — respondeu Unn. — Não tenho outro lugar para ir além da casa da minha tia.

As duas voltaram a ficar em silêncio. Então Unn perguntou, insinuante:

— Por que não pergunta da minha mãe?
— Como assim?

Siss arregalou os olhos e desviou o rosto para a parede, como se tivesse sido flagrada fazendo algo proibido.

— Não sei — disse ela.

De novo, voltou a olhar nos olhos de Unn. Impossível evitá-los. Assim como a pergunta. Ela exigia uma resposta, pois o assunto era importante. Hesitando, ela disse:

— Porque ela morreu na primavera, eu acho. Foi o que ouvi dizer.

Unn fez questão de deixar muito claro:

— E também ela não era casada, minha mãe. Por isso que não tenho... — ela não completou a frase.

Siss apenas assentiu.

Unn prosseguiu:

— Na primavera ela adoeceu e morreu. Ficou doente só uma semana, minha mãe. E então morreu.

— Sim...

Ainda bem que aquilo estava dito, uma leveza agora parecia se apossar do quarto. O vilarejo inteiro conhecia a história que Unn acabara de mencionar, a tia havia contado tudo em detalhes antes da chegada dela. Será que Unn não sabia? Mesmo assim, era preciso tocar no assunto para aquela amizade começar a se solidificar. Um detalhe ainda faltava, porém. Unn disse:

— Você sabe algo sobre meu pai?
— Não!
— Nem eu, além do pouco que minha mãe contou. Nunca conheci meu pai. Ele tinha um carro.
— Devia ter.
— Por que diz isso?
— Por nada, ora. As pessoas costumam ter carro.

— É verdade. Mas nunca o conheci. Não tenho mais ninguém, só minha tia agora. Vou ficar com ela para sempre.

Isso!, pensou Siss. Unn ficará aqui para sempre. Unn tinha olhos tão azuis que deixavam Siss hipnotizada, tanto agora como da primeira vez que os viu. Depois disso ela não voltou a falar dos pais. O pai e a mãe de Siss nem sequer foram mencionados. Siss tinha certeza de que Unn sabia tudo sobre eles, que passavam o tempo inteiro em casa — uma casa e tanto, o pai tinha um bom emprego, eles tinham tudo de que precisavam, não havia nada mais a ser dito. De fato, Unn não perguntou. Era como se Siss fosse mais órfã do que Unn.

Mas a pergunta sobre irmãos ela não deixou de fazer.

— Você tem irmãos, Siss?

— Não, sou só eu.

— Melhor assim — disse Unn.

Ficou claro para Siss o que Unn queria dizer com aquilo: ela sempre estaria ali. A amizade das duas tinha um longo caminho pela frente. Algo decisivo havia ocorrido.

— Claro que é melhor assim. Significa que podemos nos encontrar mais vezes.

— Já nos vemos na escola todos os dias.

— E agora também.

As duas trocaram sorrisos. Uma delicadeza pairava no ar. Era assim que tinha de ser. Unn pegou um espelho pendurado na parede ao lado da cama e voltou a se sentar, segurando-o no colo.

— Venha aqui.

Siss não sabia o que ela tinha em mente, mas sentou-se ao lado de Unn na beira da cama. Cada uma segurou um canto do espelho, as duas imóveis, erguendo-o diante de si, um rosto quase colado ao outro.

O que viram?

Enxergaram algo antes mesmo de terem se dado conta.

Quatro olhos reluzindo e faiscando sob os cílios, iluminando completamente o espelho. Dúvidas que se revelavam e tornavam a se ocultar. Não sei ao certo: centelhas e raios, partindo de mim para você, de você para mim, e de mim apenas para você — na direção do espelho e ricocheteando de volta, sem uma explicação para isso, sem um porquê. Seus lábios carnudos e vermelhos, não, são os meus, tão parecidos! O cabelo penteado do mesmo jeito, centelhas e raios. Somos nós duas! Não há nada que possamos fazer, é como se esse sentimento brotasse de um outro mundo. As silhuetas começam a se borrar, a imagem se dissolve e volta a ficar nítida, não, não está mais nítida. É uma boca que sorri. Uma boca que pertence a outro mundo. Não, não é uma boca, nem é um sorriso, ninguém sabe o que é — são apenas os cílios hirtos projetados sobre centelhas e raios.

Elas largaram o espelho e se entreolharam com os rostos corados, maravilhadas. Elas desabrocharam, se fundiram numa só pessoa, foi um momento mágico.
   Siss perguntou:
— Unn, você sabe o que foi isso?
   Unn perguntou:
— Você também viu?
   De repente aquela delicadeza já não existia mais. Unn balançou a cabeça. Elas precisaram de um tempo sentadas, imóveis, para recobrar os sentidos depois daquele estranho acontecimento.
   Passado um instante, uma delas comentou:
— Provavelmente não foi nada.
— Também acho que não.
— Mas que foi estranho, isso foi.
   Claro que houve algo, claro que ainda havia, elas estavam apenas tentando ignorar. Unn pôs o espelho de volta no lugar

e se sentou, aparentando calma. As duas ficaram ali, imóveis. Ninguém quis abrir a porta para entrar. A tia as deixara em paz.

A calma, porém, era só aparente. Siss estava prestando atenção em Unn e percebeu como ela se esforçava para parecer tranquila. E então estremeceu quando Unn propôs de súbito, com uma voz sedutora:

— Ei, que tal se a gente tirasse a roupa?!

Siss a encarou.

— Tirar a roupa?

Unn estava empolgadíssima.

— Sim. Nós duas. É divertido, não é?

E começou a se despir imediatamente.

— Claro que sim!

De repente, Siss também achou que deveria ser divertido, e começou a se despir, tirando uma peça atrás da outra, como se competisse com Unn para ver quem ficaria nua primeiro.

Unn partiu em vantagem e foi a primeira. Ficou de pé, parada, radiante.

Logo foi a vez de Siss. As duas se entreolharam. Um instante mágico.

Siss estava prestes a se abrir para uma vida que, provavelmente, sempre esteve destinada para si, e olhava em volta tentando encontrar algo em que pudesse se agarrar para tentar escapar. Não conseguia. Ela percebia o olhar intenso de Unn, a tensão em seu semblante. Unn se mantinha inabalável. Por um breve instante foi assim, e então não foi mais. O rosto de Unn parecia mais alegre, relaxado, harmonioso.

Ela disse no mesmo instante, como se sentisse uma alegria às avessas:

— Ufa, não, Siss, acho que estou com frio. É melhor nos vestirmos agora mesmo.

Ela apanhou as roupas do chão.

Siss se mantinha imóvel.

— Não vamos nos divertir?

Ela queria dar cambalhotas e saltos na cama, coisas assim.

— Não, está frio demais. Com o frio que faz lá fora, a gente não consegue se aquecer direito aqui dentro. Não nesta casa.

— Pois eu acho que aqui está bem quente.

— Não, tem uma corrente de ar. Não está sentindo? Preste bem atenção.

— Talvez.

Siss observou. Era verdade. Estava sentindo um pouco de frio, afinal. O vidro da janela estava embaçado. Lá fora, a temperatura estava abaixo de zero havia muito tempo.

Siss também recolheu suas roupas do chão.

— Podemos fazer muitas outras coisas além de ficarmos nuas por aí — sugeriu Unn.

— Claro que podemos.

Siss queria perguntar a Unn por que ela havia feito aquilo, mas não sabia por onde começar. Deixou passar. As duas se vestiram sem pressa. Para dizer a verdade, Siss estava se sentindo um pouco magoada, traída até. Era só isso e pronto?

Elas voltaram a se sentar onde estavam, nos únicos assentos disponíveis naquele quarto. Unn ficou olhando para Siss, e Siss se deu conta de que algo não tinha vindo à tona, afinal. Quem sabe pudesse ser divertido. Mas Unn já não parecia mais tão feliz agora — o que se passou não durou mais que um piscar de olhos.

Siss começou a ficar nervosa.

— Não vamos fazer nada, então? — perguntou ela, uma vez que Unn não esboçava reação.

— O que a gente poderia fazer? — Unn parecia alheia e distante.

— Nesse caso, acho melhor voltar para casa.

Da maneira como foi dito, soou quase como uma ameaça. Unn retrucou sem demora:

— Você não pode ir ainda!

Ah, não, Siss também não queria ir embora. No fundo, chegava a tremer de vontade de ficar.

— Você não tem fotos de onde vivia antes, da sua casa? Não tem um álbum?

Na mosca! Unn correu para a estante e voltou trazendo dois álbuns.

— Neste aqui sou apenas eu. Sou eu de todas as idades. Quer ver qual?

— Quero ver tudo.

As duas foram folheando as páginas. As imagens eram de algum lugar distante, e Siss não reconhecia ninguém, exceto quando Unn aparecia nas fotos. E ela estava na maioria delas. Unn discorria brevemente sobre cada uma. Era um álbum igual a qualquer outro. Uma jovem belíssima surgiu numa página. Unn disse orgulhosa:

— É minha mãe.

As duas a observaram demoradamente.

— E ali é meu pai — disse Unn pouco depois. Era um jovem comum ao lado de um carro. Parecia um pouco com Unn também.

— Esse era o carro dele — disse Unn.

Então Siss perguntou, meio constrangida:

— Onde ele está agora?

Unn foi evasiva:

— Não sei. Tanto faz.

— Sim.

— Eu nunca o conheci, como te disse. Só por fotos.

Siss concordou com a cabeça.

Unn acrescentou:

— Se tivessem conseguido encontrar meu pai, acho que eu não teria vindo morar com minha tia.

— Não, claro que não.

Elas voltaram ao álbum só com fotos de Unn. Unn sempre foi tão bonita, Siss pensou. E então terminaram de ver as fotos. O que mais faltava?

Ainda esperavam que algo acontecesse. Unn não conseguia disfarçar, saltava aos olhos na maneira como se comportava. Siss esperou o tempo todo por isso, e estremeceu dos pés à cabeça quando enfim chegou o momento. Agora, aquilo vinha como uma avalanche. Depois de um longo silêncio, Unn disse:

— Siss.

Um calafrio.

— Sim?

— Tem uma coisa que quero dizer — Unn corou.

Siss já sentia um constrangimento.

— É mesmo?

— Você reparou alguma coisa em mim? — perguntou Unn, deixando escapulir as palavras sem desviar o olhar de Siss.

Siss estava ofegante.

— Não!

— Queria te dizer uma coisa — Unn ensaiou, num tom de voz irreconhecível.

Siss prendeu o fôlego.

Unn não disse mais nada. E então falou:

— Eu *nunca* disse isso a ninguém.

Siss engasgou:

— É algo que você contaria para sua mãe?

— Não!

Silêncio.

Siss percebeu a ansiedade transbordando nos olhos de Unn. Não ia mesmo dizer nada? Siss perguntou, quase sussurrando:

— Vai dizer agora?

Unn se retraiu.

— Não.

— Não...

Novo silêncio. O que as duas mais queriam era ver a tia entrando pela porta.

Siss recomeçou:

— Mas se...

— Não posso!

Siss recuou. Pensamentos em cascata iam se alternando para logo serem rejeitados, um após outro, à medida que surgiam. Impotente, ela disse:

— Era só isso que você queria?

Unn confirmou.

— Sim, não queria nada além disso.

Unn continuou a balançar a cabeça, parecendo aliviada. Como se tivesse tirado um peso dos ombros. Não haveria nada além disso. Siss também sentiu um enorme alívio nesse instante.

Alívio, mas como se também tivesse sido traída pela segunda vez na mesma noite. Mesmo assim, era melhor do que ter escutado algo que a magoasse ainda mais.

As duas permaneceram sentadas por um momento, como se quisessem descansar um pouco.

Siss pensou: agora é melhor ir embora.

Unn disse:

— Não vá, Siss.

Fez-se silêncio mais uma vez.

Mas esse era um silêncio nada confiável, assim como jamais foi, o tempo todo. O vento soprava em rajadas bruscas, mudando de direção a todo instante. Quando parecia ter abrandado, de repente voltava a soprar, inesperada e furiosamente.

— Siss.

— Sim?

— Não sei se vou para o céu.

Ao dizer isso, Unn olhou para a parede, pois olhar para qualquer outro lugar era arriscado demais.

Siss sentiu um calafrio e uma ardência, a um só tempo.

— Como assim?

Melhor não se demorar mais. Unn poderia acabar dizendo outras coisas.

Unn disse:

— Você escutou direito?

— Sim!

E rapidamente emendou:

— E agora preciso ir para casa.

— Para casa?

— Sim, senão vai ficar tarde, preciso voltar antes que meus pais tenham ido dormir.

— Eles não vão dormir agora.

— Preciso ir, só isso.

Ela se apressou em dizer também:

— Vai ficar tão frio que meu nariz vai congelar e cair no meio do caminho.

Uma bobagem dita assim do nada era fruto, na verdade, da perplexidade que sentia — da vontade de se desvencilhar daquela situação. Ela precisava simplesmente ir embora dali.

Unn sorriu mais por obrigação, como se precisasse rir da piada.

— É melhor ir então — ela disse. — Para o seu nariz não cair. — E pareceu feliz por Siss ter mudado o rumo daquela conversa.

Uma vez mais, as duas sentiam que era melhor passar ao largo de assuntos complicados demais.

Unn destrancou a porta.

— Sente aqui. Vou ali apanhar suas coisas — disse ela como se desse uma ordem.

Siss estava em apuros. Não era seguro estar ali. O que será que Unn não conseguia nem mencionar? Mas estar na companhia de Unn? Sempre. Era preciso deixar claro antes que se despedissem: pode me contar mais numa outra ocasião.

Quando quiser, *sempre* que quiser. Esta noite não poderia ser mais do que foi. E, sendo como foi, já foi demais. Ir além, contudo, dar um passo adiante parecia impossível. Melhor voltar para casa agora, o quanto antes.

Do contrário poderiam acabar pondo tudo a perder. Em vez disso, melhor que guardassem na memória o brilho daquela troca de olhares.

Unn voltou trazendo o casaco e as botas e os largou do lado da lareira, cuja lenha ardendo não parava de estalar.

— Para aquecer um pouco.

— Não, é melhor eu ir embora logo — disse Siss, terminando de calçar as botas.

Unn não mexeu um músculo nem disse palavra enquanto Siss se protegia contra o frio extremo. De nada adiantava continuar dizendo bobagens sobre congelar o nariz, a tensão entre as duas havia retornado. Elas não disseram coisas que normalmente se dizem numa despedida: Não demore para voltar. Não quer que *eu* vá te visitar na próxima vez? Não lhes ocorreu. Era tão embaraçoso e difícil. Ainda não a ponto de pôr tudo a perder, mas era difícil demais olhar nos olhos uma da outra naquele momento.

Siss estava pronta para partir.

— Por que você já vai?

— Preciso ir para casa, já disse.

— Sim, mas...

— Se eu disse que preciso ir é porque preciso ir.

— Siss...

— Me deixe ir.

A porta não estava mais trancada, mas Unn estava bloqueando a passagem. As duas foram falar com a tia.

A tia estava sentada numa cadeira, entretida com algum trabalho manual. Ela se levantou, tão amável e atenciosa como antes.

— E então, Siss? Já está indo?

— Sim, acho que preciso ir para casa.

— Já não têm mais segredos, vocês duas? — provocou ela, em tom de brincadeira.

— Não por hoje.

— Escutei você trancando a porta por minha causa, Unn.

— Tranquei, sim.

— É sempre bom ser previdente — disse a tia. — Algum problema? — perguntou ela assumindo outro tom de voz.

— Não, claro que não!

— Vocês duas estão tão caladas.

— Não estamos nada caladas!

— Está bem, está bem. Vai ver sou eu que estou ficando velha e já não ouço direito.

— Obrigada por me receber — disse Siss, tentando se afastar da tia que apenas a provocava e a fazia de boba e não sabia de coisa alguma.

— Espere um pouco — disse a tia. — Beba algo quente antes de sair nesse frio terrível.

— Não, obrigada, agora não.

— Não tenha tanta pressa.

— Ela tem que ir — disse Unn.

— Está bem então.

Siss aprumou-se para sair:

— Fiquem bem, e muito obrigada mais uma vez.

— O mesmo para você, Siss. Obrigada por vir nos visitar. Acelere o passo para se manter bem aquecida. Estou vendo que a temperatura não para de cair. E está um breu lá fora também.

— Por que você está parada aí no meio do corredor, Unn? — indagou a tia. — Vocês vão se ver amanhã cedo.

— Sim, vamos! — disse Siss. — Boa noite.

Depois que a tia entrou, Unn permaneceu imóvel no vão da porta, sem esboçar reação alguma. O que tinha se passado com elas? Era tão difícil assim uma simples despedida? Algo muito estranho estava acontecendo.

— Unn...

— Sim.

Siss encarou a noite gélida e desapareceu na escuridão. Poderia ter ficado mais, tempo havia, mas permanecer era perigoso. Nada mais deveria acontecer.

Unn se demorou ali onde estava, no vão da porta, no exato ponto em que o frio e o calor se embatiam. O vento cortante invadiu a casa e avançou pela sala. Unn parecia não dar a mínima.

Siss olhou para trás antes de partir em disparada. Unn permanecia imóvel no vão iluminado da porta, tão bela, estranha e tímida.

4.
As margens da estrada

Siss voltava para casa correndo. De repente, viu-se numa luta insana contra o pavor que sentia do escuro.
Ele dizia: Sou eu quem está nas margens da estrada...
Não, não!, pensou ela num rompante.
Estou chegando, repetia ele às margens da estrada.
Ela acelerou. Sentia que algo vinha em seu encalço, bem atrás de si.
Quem é?
Primeiro Unn, agora isso. Por acaso ela não sabia que o retorno para casa seria assim?
Saber ela sabia, mas mesmo assim tinha que ter ido encontrar Unn.

O gelo estalou em algum lugar. O ruído se propagou pela planície e desapareceu como se tivesse se escondido numa toca. O manto congelado se consolidava brincando de criar fissuras de quilômetros de extensão. Siss tremeu de susto com o estrondo.
Mal conseguia equilibrar-se de pé. Não havia nada seguro no caminho naquele breu. Não eram mais aquelas mesmas passadas firmes pela estrada, como havia sido no percurso de ida. Sem pensar, ela simplesmente se pôs a correr e o estrago estava feito. Desse modo, ela estava nas mãos do desconhecido, que em noites assim vem atormentar as pessoas.
Tomada pelo desconhecido.

O encontro com Unn a deixou transtornada — principalmente depois que ela se despediu e foi embora. Sentiu aquele medo assim que deu os primeiros passos, e ele foi crescendo como uma avalanche. Ela estava à mercê do que quer que existisse além das margens da estrada.

A escuridão em ambos os lados do caminho. Aquilo não tem forma nem nome, mas quem se aventura por aqui sabe bem quando surge e persegue você, provocando calafrios na espinha.

Siss estava no centro desse tumulto, sem compreender ao certo o que era, simplesmente apavorada pela escuridão.

Vou chegar em casa logo!

Não, não vai.

Ela mal sentia o frio polar ardendo no rosto.

Tentou imaginar a sala de casa sob a luz dos abajures, aconchegante e iluminada. A mãe e o pai acomodados nas poltronas. E então a filha única chegando. A filha que, diziam eles, jamais poderiam mimar em demasia, transformando isso numa espécie de jogo, para que nunca lhe dessem atenção e carinho em excesso — não, não adiantava, ela não estava *lá*, estava espremida entre aquilo que existe nas margens da estrada.

E quanto a Unn?

Ela pensou em Unn.

A linda, maravilhosa, solitária Unn.

O que será que está acontecendo com Unn?

Subitamente, ela estancou.

O que será que está acontecendo com Unn?

Ela retomou a corrida. Sentiu que havia algo atrás de si.

Cá estamos nós, nas margens da estrada.

Corra!

Siss correu. Mais um estrondo poderoso e profundo ressoou na superfície do lago, e suas botas estalavam ao martelar a estrada congelada. Havia certo conforto nisso: caso não ouvisse os próprios passos, poderia até achar que estava enlouquecendo. Exausta, não conseguiria manter aquele ritmo por muito tempo, e mesmo assim corria.

O brilho das luzes de casa.

Finalmente.

A salvo sob a fachada iluminada de casa.

Ele se foi, aquilo nas margens da estrada, desapareceu rodopiando ao redor da luz, como um lamento.

Siss podia finalmente entrar em casa e reencontrar a mãe e o pai. O pai tinha um escritório no vilarejo, e agora estava confortavelmente sentado em sua poltrona. A mãe, como sempre fazia quando tinha tempo, estava lendo um livro. Ainda não era hora de dormir.

Eles não ficaram aflitos ao ver Siss, esbaforida e coberta pelo orvalho. Permaneceram sentados em seus lugares e perguntaram calmamente:

— O que houve, Siss?

Primeiro ela os encarou: não estavam com medo? Não, nem um pouco. Claro que não — somente ela estava apavorada, ela que vinha lá de fora. "O que aconteceu, Siss?", repetiram com toda a tranquilidade. Sabiam que não havia perigo nenhum lá fora. Perguntar o que tinha acontecido era o mínimo que poderiam fazer ao verem a filha voltar para casa ofegante e exausta, o hálito congelado na forma de pequenos pingentes de gelo presos na gola do casaco.

— Aconteceu alguma coisa, Siss?

Ela abanou a cabeça.

— Só corri.

— Estava com medo do escuro? — perguntaram rindo, como se deve fazer diante de qualquer um que tenha medo do escuro.

Siss disse:

— Que medo do escuro que nada...
— Não tenho tanta certeza disso — disse o pai. — Se bem que você já está crescidinha demais para ter medo do escuro.
— Parece até que você estava correndo para salvar a própria vida — disse a mãe.
— Tinha que estar em casa antes de vocês irem para a cama. Não foi isso que combinamos?
— Você sabe que ainda falta um bom tempo para irmos dormir, então não precisava dessa pressa.

Siss atrapalhou-se toda descalçando as botas congeladas e as largou no chão.

— Vocês estão *muito* ranzinzas hoje!
— O quê?

Eles olharam para ela admirados.

— Foi alguma coisa que nós dissemos?

Siss não respondeu, estava concentrada tirando as botas e as meias. A mãe se levantou da poltrona.

— Não parece que você... — ela começou a frase, mas parou. Algo em Siss a interrompeu.

— Entre e vá se lavar primeiro, Siss. Vai lhe fazer bem.
— Sim, mãe.

Bem, fez mesmo. Ela se demorou o quanto pôde no banho, pressentindo que um verdadeiro interrogatório a esperava. Em seguida, voltou e se abancou numa cadeira. Não se atreveu a ir direto para o quarto. Nesse caso, choveriam ainda mais perguntas. Melhor enfrentá-las logo.

A mãe disse:

— Muito bem, bem melhor assim.

Siss esperava. A mãe disse:

— Como foi na casa de Unn, Siss? Foi divertido?
— Foi muito divertido! — respondeu Siss secamente.
— Dito assim não parece — observou o pai sorrindo para ela.

A mãe também percebeu:

— Aconteceu alguma coisa?

Ela os encarou. Estavam sendo compreensíveis ao extremo, mas mesmo assim...

— Não foi nada — disse. — Mas vocês querem saber de tudo. Ficam perguntando sobre tudo.

— Ah, não fique assim, Siss.

— Vá até a cozinha comer alguma coisa. Tem comida na mesa.

— Já comi.

Não era verdade, mas eles não precisavam saber.

— Muito bem, então vá dormir agora. Você parece exausta. Amanhã de manhã estará melhor. Boa noite, Siss.

— Boa noite.

Ela foi para o quarto em seguida. Os pais não entenderam nada. Assim que se deitou na cama, percebeu como estava de fato cansada. Sua mente fervilhava com toda sorte de pensamentos estranhos e perturbadores, mas o calor aconchegante depois de tanto frio a fez relaxar e ela adormeceu antes de ter tempo de refletir.

5.
O castelo de gelo

— Unn, acorde!
Era a maneira como a tia sempre a despertava, tanto hoje como em qualquer dia de ir à escola.
Para Unn, porém, este não era um dia qualquer, era a manhã seguinte ao encontro com Siss.
— Unn, acorde!
Não havia pressa de chegar à escola, mas a tia era assim, não deixava nada para o último minuto.
Mal espiou pela janela lá fora, Unn escutou o ruído do estalar do gelo varando o dia ainda escuro. Era como um sinal anunciando o novo dia pela frente. Antes de conseguir dormir, deitada no quarto, ela ouviu um estrondo parecido, como se marcasse as horas, avisando que já era madrugada. Passou boa parte da noite em claro, depois daquele encontro com Siss. Pensando no que *poderiam* ter feito juntas.
Lá fora estava mais frio do que nunca, disse a tia, que lhe preparava algo para comer. Unn admirou o brilho intenso das estrelas ainda visíveis sobre a casa. O céu do nascente estava pálido como costuma ser o amanhecer de um inverno rigoroso, ou a madrugada de uma véspera de Natal.
À medida que a escuridão se dissipava, as árvores surgiam tingidas de branco pela geada. Unn olhou fixamente para elas enquanto se preparava para a escola.
Para a escola e para Siss.
E hoje trate de não pensar *no que aconteceu!*

Ao mesmo tempo, se deu conta de como seria difícil rever Siss agora, poucas horas depois da maneira turbulenta com que se despediram. Ela a deixou assustada, e por isso Siss fugiu. Não era o caso de reencontrá-la agora! Não era o caso nem de ir à escola hoje.

Com os olhos vidrados na floresta coberta por uma película branca no lusco-fusco da manhã, ela teve a ideia de se esconder em algum lugar. Fugir. Para não ter de encontrar Siss.

Amanhã seria outro dia, mas hoje, *não*. Hoje, não conseguiria olhar Siss nos olhos.

Não precisou pensar muito mais, aquela ideia logo se apossou dela por inteiro.

Justo Siss, a quem tanto ansiava por rever...

Em todo caso, ela tinha a obrigação de ir à escola, como em qualquer outro dia. De nada adiantava fincar pé em casa dizendo que não queria ir. A tia jamais aceitaria. Da mesma forma, era tarde demais para dizer que estava doente — até porque ela não dava desculpas desse tipo. Sem perder mais tempo, deu uma espiadela no espelho: ela parecia tudo menos doente, uma desculpa esfarrapada não teria efeito algum.

Devia ir para a escola como de costume e dar o fora antes de topar com alguém. Esquivar-se e tentar passar despercebida até o fim das aulas.

Mesmo a tendo despertado, a tia se admirou quando viu Unn pegar a mochila para sair:

— Mas já vai sair assim *tão* cedo?

— É mais cedo que de costume?

— Acho que sim.

— Quero ver Siss.

Sentiu uma pontada no peito quando falou.

— Ah, sim. Por isso a pressa?

— Isso.

— Sendo assim, não adianta eu dizer mais nada então. Boa aula. Ainda bem que está usando um casaco grosso, está um frio de rachar. Leve umas luvas também.

Aquelas palavras soavam como uma cerca delimitando o caminho, um muro alto e difícil de transpor, conduzindo-a direto ao portão da escola. Mas hoje não! Não depois que Siss escapou dela na noite anterior.

— O que foi, Unn?

Unn levou um susto.

— Não consigo encontrar as luvas.

— Bem aqui. Na sua frente.

Ela saiu de casa quando o dia clareava. Haveria de encontrar uma maneira de se manter escondida, assim que sumisse de vista.

Não, ela só tinha cabeça para *um* pensamento hoje: Siss.

Este é o caminho para encontrá-la.

Este é o caminho até Siss.

Não posso encontrá-la, já me basta pensar nela.

Não vá pensar no que aconteceu agora.

Apenas em Siss, na Siss que conheci.

Siss e eu no espelho.

Centelhas e raios.

Apenas pense em Siss.

Passo a passo.

Agora ela seguia ao lado de um bosque de árvores encobertas pela geada, e atrás delas poderia se esconder. Ali desviou da estrada. Poderia ficar escondida até a hora de voltar para casa, sem ser importunada com perguntas.

Mas o que ela tinha em mente? Um dia inteiro ali? Nesse frio? O ar que respirava parecia querer sufocá-la, apertava-lhe o peito. Suas bochechas ardiam. Mas o casaco bem forrado e o frio polar do outono a deixaram acostumada, congelar ela não iria.

Bum!, ecoou um rugido cortando o ar e anunciando mais um avanço do gelo no lago.

Era isso! Eis a solução. Ela logo se deu conta do que era preciso fazer:

Ir até o lago congelado.

Sozinha.

Teria muito com o que se ocupar para passar o tempo e poderia se manter aquecida.

Na escola comentavam que em breve haveria uma excursão ao lago. Unn não queria participar, mas já tinha ouvido falar o suficiente para saber do que se tratava e se adiantar à turma, pois a neve poderia encobrir tudo a qualquer momento.

Em algum lugar por ali existia uma cachoeira que havia congelado e dado forma a uma montanha de gelo sobre a imensa massa de água. Diziam que parecia um castelo, e ninguém se lembrava de já ter visto coisa parecida. Visitar esse castelo era o pretexto da excursão. Primeiro margeando o lago e descendo pelo rio até chegar à cachoeira. Um curto dia de inverno seria mais do que suficiente para o passeio.

Perfeito, um dia inteiro ocupado.

Mas eu deveria ver isso com Siss...

Ela afastou esse pensamento tomada pela empolgação e pela felicidade: vou ver o castelo pela *segunda* vez com Siss — melhor ainda.

A superfície congelada do lago reluzia tanto que nem parecia haver gelo ali. Um verdadeiro espelho. Nenhum floco de neve caiu sobre a água durante o congelamento, nenhum floco caiu depois.

Era um gelo espesso e seguro. Havia se expandido numa sucessão de trovões e estava bem sólido. Unn se aproximava correndo. Era natural correr para se aquecer naquele frio. Além disso, tinha pressa em se afastar da estrada onde poderia acabar cruzando com alguém — afinal, queria passar o dia sem ser vista.

Até aqui, tinha conseguido. A voz melosa da tia dizendo "Unn, venha aqui!" não soou. A tia não tinha motivos para achar que ela não estaria na escola.

Mas o que diriam as pessoas na escola?

Ela não havia pensado no assunto.

Que uma vez na vida ela teria adoecido. Claro. Siss também acreditaria nisso? Talvez Siss entendesse o verdadeiro motivo.

Unn corria sobre o chão congelado e enrijecido que ecoava seus passos pelo ar. As árvores cobertas de gelo eram entremeadas por clareiras. Ela ziguezagueava por essas árvores tentando não ser vista por ninguém. Finalmente, se aproximou da orla do lago congelado.

Siss. Era só nela que pensava. No encontro de amanhã — depois que as coisas estivessem mais calmas, não tão confusas como hoje. Em pouco tempo, ela não estaria mais tão sozinha. Logo logo, teria alguém com quem compartilhar tudo que estava sentindo.

Ela avançou rumo ao gelo com um sorriso no rosto, pisando sobre gravetos de bétulas enrijecidas que cintilavam como se fossem de prata. O dia estava quase claro. Galhos desbotados se projetavam do chão, retorcidos pelas temperaturas negativas, com folhas largas e pálidas — as botas de Unn roçavam neles e se cobriam de um pó de orvalho congelado fino como areia.

Motivos não lhe faltavam para estar tão contente:

O gelo estava espesso e sólido.

Como tinha que ser.

Aquela sucessão de ruídos irrompendo na calada da noite não deixava dúvidas. Alguém que estivesse acordado e ouvisse o barulho ensurdecedor logo chegaria a esta conclusão: é o gelo do lago se firmando...

As toras das paredes da velha casa também estalavam. É a madeira encolhendo, disse a tia. Mas de nada valia ter a certeza de que o gelo estava cada vez mais firme, o único pensamento era: fazia tanto frio que as paredes da casa pareciam estar rachando.

Ela agora estava na margem do lago, e pelo visto não foi notada, ninguém sequer suspeitava de seu paradeiro.

O lugar estava deserto, como ela antecipou, antes do raiar do dia. Mais tarde, próximo ao meio-dia, era bem possível que estivesse apinhado de crianças, que poderiam se esbaldar e brincar o quanto quisessem sem perigo, uma vez que o gelo estava íntegro e duro como rocha, sem uma única fissura à vista. O lago era extenso, uma enorme massa de água petrificada.

Olhar através daquela superfície prateada era uma grande brincadeira. Unn não se achava adulta demais para isso e deitava-se de bruços, protegendo o rosto com as mãos em concha para poder admirar melhor.

Era como espiar o mundo pelo filtro de uma vidraça.

O sol acabara de nascer, os raios frios e oblíquos incidiram sobre o gelo e iluminaram o leito amarronzado do lago revelando a lama, as rochas e as algas.

A poucos metros da orla, o gelo já alcançava o fundo. Até mesmo o leito, encoberto pelo maciço bloco duro como aço, estava embranquecido pela geada. Era possível divisar, presos no gelo, folhas largas, que pareciam lâminas de espada, cilindros longos, sementes, cascas e galhos, uma única formiga de pernas escancaradas — tudo misturado às bolhas que se formaram e, banhadas agora pelo brilho do sol, reluziam como pérolas. Seixos pretos arredondados, típicos de praias de água doce, também estavam presos ali em meio a um sem-número de agulhas de pinheiros. Folhas de samambaias sobressaíam como se tivessem sido emolduradas para uma exibição.

Algumas ainda continuavam presas ao fundo, outras haviam sido capturadas a meio caminho, quando tentavam emergir. Mas então a massa de água se adensou e as aprisionou.

Unn se deixou abduzir por aquele cenário, mais fantástico do que qualquer conto de fadas.

Preciso ver mais...

Deitada sobre o gelo, ainda não sentia o frio intenso invadir o corpo. Projetada lá no fundo, a sombra de seu corpo delgado não passava de uma forma humana distorcida.

Ela mudou de posição sobre aquele espelho reluzente. As delicadas samambaias continuavam suspensas em seu mundo iluminado e submerso.

Um mergulho no abismo do horror devia ser assim.

Descer até as profundezas, onde tudo era turvo. No meio das poucas algas lá embaixo, um marisco preto chafurdava na lama mexendo uma das patas. Nada além disso: a névoa preta não chegou a embaçar a água, e ele não se moveu do lugar.

Mas logo depois a muralha de lama mergulhava quase verticalmente no negrume das profundezas.

O mergulho no abismo do horror.

Unn se moveu e sua sombra deslizou para o lado, despencando no abismo e desaparecendo, como se tivesse sido engolida — tão rapidamente que ela chegou a se assustar. E então se deu conta.

Seu corpo estava dormente depois de tanto tempo deitada ali, parecia até que ela estava imersa na água cristalina. Unn sentiu uma ligeira vertigem e compreendeu, afinal, que estava a salvo sobre a superfície firme e densa.

O abismo íngreme, entretanto, ainda lhe dava arrepios. Era morte certa para qualquer um que não soubesse nadar. Unn já sabia, mas num passado não tão recente, quando ainda não tinha aprendido a nadar, quase foi engolida por um abismo assim. Ela vadeava o lago e de repente viu o chão sumir sob seus pés. Entrou em pânico e percebeu o perigo que corria — mas então sentiu um puxão nas costas e, quando voltou a abrir os olhos, estava sã e salva, rodeada de outras crianças numa grande algazarra.

Unn ainda revivia essas lembranças assustadoras quando avistou um reflexo lá no fundo vindo em sua direção. Um peixe, veloz como uma flecha que viesse atingi-la bem no meio dos olhos. Ela se esquivou por instinto, esquecendo-se de que havia uma grossa camada de gelo os separando. Primeiro uma faixa cinza--esverdeada brilhando no dorso, depois um giro brusco para o lado e um par de olhos vidrados investigando o que ela era.

Só isso, e ele retornou às profundezas de onde veio.

Ela sabia muito bem o que o peixinho queria. Agora devia estar lá no fundo, espalhando a novidade que encontrou, fantasiou Unn. De certa forma, ela até gostou.

O peixe curioso, porém, quebrou o encanto que a unia àquele lugar. E agora ela também estava com frio. Unn ficou de pé e começou a correr, saltando e deslizando sobre a superfície lisa. Às vezes voltava para a terra firme, saltitando sobre os bancos de areia que se projetavam acima do espelho d'água, para depois saltar novamente no gelo. Conseguiu se aquecer e achou tudo aquilo muito divertido.

Demorou assim um bom tempo, era um longo caminho até a foz do rio.

Mas finalmente chegou.

A cachoeira mesmo não estava à vista nem podia ser ouvida, ficava bem mais além. Ali perto havia só o murmúrio do fio de água que borbulhava à medida que escorria terreno abaixo; na cabeceira ainda estava tudo calmo e silencioso.

O enorme lago desembocava aqui. Um volume colossal de água brotava silenciosamente sob a borda do manto de gelo, num silêncio tão absoluto que quase não se distinguiria uma coisa da outra não fosse uma diáfana bruma de vapor d'água pairando em volta. Ela não sabia ao certo o que estava diante de si, parecia mais um sonho. De coisas assim tão singelas um bom sonho costuma ser feito.

Não sentia a consciência pesar por ter agido sem permissão, mesmo porque seria difícil encontrar uma boa justificativa. A água plácida em volta do gelo a fazia transbordar de felicidade.

Ela provavelmente perderia o equilíbrio e cairia num buraco ensombrado, mas dessa vez convinha, era um bom momento, e a lembrança do que aconteceu logo sumiu da mente diante da vista que se descortinava diante de seus olhos: o grande rio de águas claras fluindo em silêncio sob o gelo, inundando-a de pensamentos e lhe dizendo coisas que ela *precisava* ouvir.

Tão serenos estavam, tanto o rio quanto ela, que agora teve a impressão de que era possível escutar o trovejar da cachoeira ressoando distante, onde a água se atirava ao precipício. Não devia ser possível ouvir aquele ruído tão distante, ela tinha certeza, pelo que disseram na escola. E mesmo assim o ouvia.

E era justamente para lá que iria. Sem *pensar* naquilo que aconteceu. Nada disso por hoje!

Para lá iriam todos no passeio escolar. O ruído da cascata cortava o ar gelado como um murmúrio sutil, mesmo que na verdade ela nem devesse poder ouvi-lo dali.

Delicado e negro e silente o grande lago fluía ao redor da borda afiada do gelo. Renovando-se, *purificando-se* o tempo inteiro, tão pacífico como num sonho.

O ressoar longínquo da cachoeira a fez lembrar do seu destino. Ela despertou do devaneio. Bem que gostaria de contar a alguém o que estava sentindo — embora nunca fosse capaz de fazê-lo, estava certa disso.

Após aquele breve instante imóvel, ela se deu conta do frio que sentia na pele. O gelo havia penetrado suas roupas. Correu ainda mais para se manter aquecida.

Próximo ao sumidouro, o terreno passava a se inclinar um pouco. A água tranquila começava a murmurejar. As margens do rio serpenteavam por entre curiosas formações que resultavam do choque entre a temperatura negativa e os borrifos de água do rio. A água lambia e erodia esses montículos de gelo.

O solo ao redor consistia numa mistura de liquens, tufos de grama e urzes, cobertos pela geada e reluzindo ao sol como todo o resto. Unn saltitava de tufo em tufo naquela paisagem de faz de conta. Dentro da mochila, seus livros e seu lanche sacolejavam.

O terreno agora era ainda mais íngreme. Imediatamente, o fluxo de água começou a ribombar — escorrendo sobre os seixos negros do rio, cujas coroas feitas de gelo despontavam na superfície e cintilavam.

Unn não deveria estar aqui. E pensou: nem queria mesmo. Mas a verdade é que queria, e muito.

Agora, o barulho adiante era nitidamente perceptível. Contínuo, intenso — e quanto mais fascinante mais certo lhe parecia estar ali.

Ela conseguiu reaquecer o corpo correndo daquele jeito. Sua respiração produzia pequenas nuvens de vapor que lhe rodeavam o corpo a cada pausa. O pesado casaco a impedia de acelerar mais. O corpo de Unn estava inteiro aquecido, e seus olhos chegavam a faiscar. De quando em quando, ela se detinha sobre uma ou outra touceira de grama e sua respiração acelerada produzia camadas de nuvens de hálito fresco.

O rio corria cada vez mais barulhento, enquanto a cachoeira, atraente e ameaçadora, rugia constantemente ao fundo.

Ela pensou, como se desafiasse a si mesma:

Não quero ir até lá!
Mas queria. Tinha a ver com Siss.
Era a única coisa certa a fazer, embora fosse proibido e insensato. Era impossível simplesmente recuar agora. Tinha a ver com Siss e com as coisas boas que ela vislumbrava no futuro. Se desse meia-volta e chegasse em casa de mãos vazias, sem testemunhar o que estava acontecendo lá embaixo, ficaria imensamente decepcionada consigo mesma, sentindo no peito um vazio que jamais seria preenchido.

O barulho era cada vez mais forte. O fluxo do rio começava a acelerar, esvaindo-se em filetes amarelados. Unn desceu margeando a encosta, em meio a um labirinto cor de prata de tufos de grama e liquens, entremeados aqui e ali por um arbusto. O volume do ruído crescia, borrifos de água se elevavam em círculos diante dela — havia chegado ao topo da cachoeira.
Ela estancou na beira do precipício, que surgiu abruptamente.
Duas ondas inundaram seu corpo: a primeira de um frio que a paralisava, a segunda de um calor revigorante — como sempre ocorre diante de ocasiões decisivas.
Unn chegava ali pela primeira vez. Durante o verão, assim que se mudou, ninguém a convidou para ir até ali. A tia chegou a mencionar a existência de uma cachoeira, mas nada mais. Só agora, no fim do outono, que comentaram sobre ela na escola, depois que descobriram um tal castelo de gelo que era uma verdadeira maravilha.
E o que era aquilo?
Era o castelo de gelo?
O sol desapareceu repentinamente. Havia uma ravina de bordas íngremes cujo interior os raios do sol talvez alcançassem mais tarde, mas agora tudo estava na sombra congelante.
Unn olhou para baixo e vislumbrou um mundo encantado de pináculos, domos, abóbadas e um emaranhado de formas

rendadas. Tudo era feito de gelo, e a água não parava de jorrar sobre aquelas estruturas apenas para expandi-las ainda mais. Braços da cachoeira eram desviados pelo gelo e se ramificavam para todos os lados, criando novas formas. Tudo resplandecia. O sol ainda não incidia diretamente ali, mas era como se do verde e do azul emanasse uma luz própria e mortalmente congelante.

No meio disso tudo, a cachoeira mergulhava num abismo infinito. Na beira do sumidouro, a água se dividia em feixes que alternavam de cor, de preto a verde, de verde a amarelo e depois branco, à medida que a torrente acelerava. Do fundo do penhasco, onde o líquido se transformava em espuma branca ao colidir com as rochas, a cachoeira vociferava. Grossas camadas de vapor d'água se erguiam.

Unn não conteve um grito de felicidade, logo abafado pelo ressoar das águas, assim como seu hálito quente, que era imediatamente absorvido pelas nuvens geladas.

Os borrifos e o vapor d'água não cessavam nem por um instante: eram contínuos e certeiros, mas ferozes. A água era desviada do curso e, com a ajuda da temperatura extrema, seguia construindo seu espetáculo frio, cada vez mais alto e imponente, corredores, colunas, passadiços, tudo encimado por cúpulas de gelo. Um esplendor como esse Unn jamais presenciara em toda sua vida.

E agora ele se revelava bem à sua frente. Tinha que admirá-lo lá de baixo também, e por isso começou a descer a encosta vertical, coberta pela geada, ladeando a cachoeira. Inteiramente absorta pela visão do castelo, pelo espetáculo que tinha diante de si.

Somente quando estava no sopé da encosta ela pôde apreciar aquilo tudo comparado à garotinha que era, e, se ainda restava algum peso em sua consciência, ele desapareceu completamente. Não podia haver coisa mais certa a fazer do que ter ido ali, agora tinha certeza. O imenso castelo de gelo era sete vezes maior e mais imponente daquela perspectiva.

Dali ela podia contemplar as muralhas de gelo se estendendo até o céu, aumentando de tamanho a olhos vistos. Ela estava embevecida. A estrutura era trespassada por traves e vigas de gelo; quantas, era impossível precisar. Pouco a pouco, a água a expandia para todos os lados, deixando espaço apenas no vão central, por onde jorrava livremente.

Havia lugares esquecidos em que o trabalho de construção estava terminado, e o gelo seco e sólido brilhava. Em outros, havia vapor e gotas, e borbotões de espuma que num instante se convertiam num gelo verde-azulado.

Um castelo encantado. Era preciso tentar descobrir uma entrada! Certamente haveria portões e corredores maravilhosos — era preciso entrar para ver. Perplexa diante de algo tão extraordinário, Unn esqueceu-se de tudo mais. Ela só conseguia imaginar como seria ali dentro.

Mas encontrar um caminho até lá não era assim tão simples. Uma sucessão de vãos que pareciam portais a confundiam, mas ela não desistiu, e encontrou uma fresta com água ainda borbulhando, larga o bastante para se espremer entre as paredes e conseguir passar.

Seu coração batia acelerado quando ela chegou ao primeiro salão.

Verde, com raios de luz difusa penetrando aqui e ali. Vazio de tudo, a não ser o frio cortante. Havia algo de assustador naquele aposento.

Sem pensar ela gritou:

— Oi!

Chamava por ninguém. Assim é o vazio. Apenas sentiu uma vontade de gritar. Sem que soubesse por quê, tinha certeza de que estava sozinha ali.

A resposta veio de imediato. "Oi!", bradou de volta o eco.

Que susto levou!

O lugar dava a impressão de ser silencioso como um cemitério, mas era preenchido pelo estrondo contínuo da cachoeira. A vibração da cascata reverberava pela massa de gelo. Fluindo vigorosamente lá fora, entrechocando-se com os rochedos, a torrente produzia aqui dentro um zumbido grave e distante.

Unn precisou fazer uma pausa para voltar a si. Não sabia por que tinha gritado, muito menos quem lhe respondera. Não podia ser um eco normal.

Talvez o salão não fosse assim tão grande? Dava a impressão de ser enorme. Ela não estava mais querendo respostas, em vez disso olhava em volta tentando encontrar um caminho por onde pudesse penetrar ainda mais no castelo. Retornar para o mundo lá fora era algo que nem lhe passava pela cabeça nesse momento.

E o caminho mais adentro se revelou quando ela menos esperava: uma larga brecha entre pilastras de gelo polidas que conduzia a um aposento que mais parecia um corredor, mas também era um salão.

Ela o testou dizendo um "Oi!" a meia-voz, e ouviu de volta um "Oi!" contido e assustado. Sabia bem que salões assim eram típicos de lugares como este — e agora, enfeitiçada e encantada como estava, deixava para trás tudo que passou. Nesse momento, toda sua atenção estava concentrada no castelo.

Ela não disse "Siss!" nesse corredor apenumbrado, em vez disso falou "Oi!". Naquele súbito deslumbramento, não era em Siss que ela pensava, mas em cada um dos salões e aposentos verde-azulados daquele castelo que precisava visitar.

Fazia um frio glacial, e ela tentou fazer nuvens exalando o ar dos pulmões com força, mas a iluminação ali dentro era muito tênue. A cachoeira trovejava sob seus pés — mas não poderia ser real. Nem tudo era real num castelo assim, era só uma questão de aceitar.

Na verdade, o frio intenso era real.

Na verdade, ela estava congelando, a despeito do casaco forrado que ganhou da tia quando o outono estava a caminho de se transformar em inverno. Mas qualquer pensamento logo lhe escapava da mente confrontado com a expectativa de avançar para o aposento seguinte, cuja passagem ela haveria de encontrar, ou não se chamava Unn.

Como era de imaginar, o salão comprido tinha uma saída na extremidade oposta: gelo seco, esverdeado, uma fissura esquecida pela água em movimento.

Assim que chegou lá, ela perdeu o fôlego diante do que viu:

Estava no meio de uma floresta petrificada. Uma floresta de gelo.

A água que aqui fluiu por um breve instante forjou galhos e ramos de gelo, e troncos de árvores maiores e menores se erguiam do fundo. Havia também estruturas que não podiam ser chamadas nem de uma coisa nem de outra — mas pertenciam àquele lugar e era preciso aceitá-las como eram. Ela arregalou os olhos perante aquele alumbramento.

Lá fora, ao longe, o burburinho da cachoeira.

O lugar era iluminado. Provavelmente ainda encobertos pelo penhasco, os raios de sol não chegavam ali, mas as paredes de gelo serviam como uma espécie de filtro difusor da claridade. Fazia ainda mais frio.

Mas o frio não significava nada para quem quer que estivesse visitando aquele local: era assim que deveria ser, ali o frio tinha feito sua morada. Unn olhou boquiaberta para a floresta congelada, e aqui também deu um grito hesitante, cheio de expectativa:

— Oi!

Desta vez o eco não veio.

Ela ficou assustada: ninguém respondeu.

Tudo era gelo sólido. Tudo era estranho. Mas não havia resposta, e não podia estar certo. Ela se apavorou, achando que corria perigo.

A floresta era hostil. Era um lugar magnífico, mas não era acolhedor, e isso a amedrontava. Tentou encontrar uma saída, antes que algo pior acontecesse. Avançando ou recuando pelo caminho, tanto fazia, pois já perdera o senso de direção.

Encontrou outra fresta por onde poderia se espremer e passar. Era como se elas surgissem do nada em seu caminho, para onde quer que se voltasse. Quando já estava concluindo a travessia, percebeu outro tipo de luz ao qual estava acostumada em sua vida anterior: a luz de um dia comum.

Espiou ao redor, um pouco decepcionada — lá estava o céu de sempre sobre sua cabeça! Não mais um teto de gelo, mas um céu de inverno de um azul profundo brilhando lá no alto. Ela se encontrava num salão arredondado cercado por paredes maciças de gelo. O enorme volume de água que uma vez passou por ali havia escorrido para outro lugar.

Unn não ousou gritar "Oi!" novamente. A floresta de gelo a desencorajou, e em vez disso ela experimentou como seria ver sua própria expiração nessa luz comum. Sentia mais o frio quando se dava conta dele. O calor que sentiu deslocando-se até ali já se dissipara, todo o calor que guardava dentro de si se resumia àquelas efêmeras nuvens de vapor que lhe escapavam da boca. Ela as observou se elevando pelo ar em colunas densas e instáveis.

Fez menção de avançar um pouco mais, mas logo estancou:
Alguém disse "Oi!".
Veio *daquela* direção.
Ela girou o corpo. Não conseguiu ver ninguém.
Mas não foi só uma impressão.
Ali era assim: se o visitante não gritasse, era o lugar quem gritaria. Sem saber ao certo se a ideia lhe agradava, ela resolveu responder com um "Oi!" baixinho. Na verdade, não mais que um sussurro.

Isso a fez se sentir melhor, era provavelmente a coisa certa a fazer, e ela tomou coragem de procurar uma nova fresta por onde pudesse sair dali o quanto antes.

O ruído da queda-d'água era mais forte e intenso nesse trecho, a cachoeira estava próxima, ainda que não estivesse visível. Era preciso seguir em frente!

Unn tremia de frio, embora mal percebesse, tamanha era sua excitação. Ali está a saída! Sempre que queria encontrar uma saída, ela aparecia.

Por ali, rápido!

Mas não foi exatamente o que esperava: ela agora havia entrado numa sala de lágrimas, ao menos era o que parecia.

Assim que entrou, sentiu uma gota escorrendo pelo pescoço. A abertura por onde passou era tão estreita que a obrigou a se agachar.

Era uma sala de lágrimas, sim. A luz mal se insinuava pelas paredes vitrificadas, e a sala inteira parecia aos prantos com aquele gotejar incessante na penumbra. As gotas não resultavam em nada, apenas ricocheteavam respingando água, cada uma em sua poça de lágrimas. Tudo era desolador.

As gotas caíam sobre seu casaco e gorro. Não deveriam afetá-la, mas ela sentia o coração pesado como pedra. A sala chorava. Mas por quê?

Isso tinha que parar!

Mas não parava.

Ao contrário, dava a impressão de só aumentar. A chuva vinha com mais intensidade, as gotas caíam em profusão, num choro mais intenso.

As paredes começaram a derreter. Seu coração parecia estar a ponto de explodir.

Embora soubesse que não passava de água, Unn continuava acreditando que era uma sala de lágrimas. Sentia-se cada vez mais triste ali dentro, afinal de que adiantaria gritar por alguém num ambiente assim? Até mesmo o barulho da cachoeira passava despercebido.

As gotas se transformavam instantaneamente em gelo ao atingirem seu casaco. Tomada por uma angústia profunda, ela só queria ir embora dali. Foi tateando as paredes e, antes que pudesse raciocinar, havia encontrado uma saída, ou entrada — como haveria de saber?

A passagem era ainda mais estreita do que os outros vãos por onde tinha se esgueirado, mas parecia conduzir a um saguão iluminado. Mal o avistou e Unn já não continha a vontade de chegar lá, como se sua própria vida estivesse em jogo.

A passagem era apertada demais, ela não conseguia atravessar. Mas precisava chegar lá. É o casaco volumoso, pensou, e rapidamente se desfez tanto do casaco como da mochila, largando-os no chão para quando retornasse. Nem pensou duas vezes, o importante era atravessar para o outro lado!

Conseguiu, finalmente; magra e pequenina como era, não precisou fazer tanto esforço assim.

O novo aposento era um deslumbre, ela achou. A luz verdejante pulsava intensa tanto nas paredes como no teto — um alívio para quem até há pouco estava imersa em lágrimas.

Sim! De repente, ela se deu conta, estava muito claro: era ela mesma quem estava aos prantos ali dentro. O porquê não sabia, mas ela estava se afogando no próprio choro copioso.

Chega de tanto se preocupar. Foi só uma breve pausa no vão de entrada desse ambiente limpo e banhado por uma luz verde. Aqui não pingavam gotas do teto, e o ruído da cachoeira era abafado. Era um lugar perfeito para *gritar*, caso tivesse vontade, um grito visceral, carregado de afeto e conforto.

E ele veio, impossível de conter. Ela gritou:
— Siss!

Pronto, estava feito, ela soltou a voz, e a resposta — "Siss!" — ecoou nos quatro cantos.

Imóvel, ela esperou o grito se misturar ao murmúrio da cachoeira. Só então atravessou a sala. Nesse instante, pensou na mãe e em Siss e naquilo que aconteceu — conseguiu, afinal, ainda que por uma fração de segundo. O grito havia criado uma abertura. Agora, ela se fechava.

Por que estou aqui? Ela se perguntou caminhando de um lado para outro. Unn dava poucos passos, movimentava-se cada vez mais rígida e irreconhecivelmente. Por que estou aqui? Tentando desvendar esse enigma, andava em círculos, sentindo um misto de raiva e apatia.

Estava chegando ao limite.

O gelo a aprisionava com sua mão pesada.

Ela sentia um frio incapacitante no fundo do peito. O casaco devia estar em algum lugar, sim, era isso. O frio se entranhava nela e agora poderia fazer como bem entendesse.

Apavorada, ela foi em direção à parede tentando alcançar o casaco quente.

Por onde foi mesmo que chegou ali?

A parede era uma escarpa de gelo, espessa e escorregadia. Melhor tentar ir para o outro lado, rápido. Quantas paredes havia ali? Gelo sólido e liso aonde quer que fosse.

Só lhe restava então gritar:

— Preciso sair!

Em seguida encontrou a abertura.

Como era estranho esse castelo: não era um caminho de volta para o lugar onde deixara o casaco, mas levava para outro ambiente do qual desgostou desde o primeiro momento.

Mais uma sala desconhecida. Minúscula, cheia de pingentes de gelo pendendo do teto baixo e agulhas pontiagudas que brotavam do chão, com paredes oblíquas banhadas de sol por todos os ângulos, tão grossas que a luz verde esmaecia. O que não diminuía era o ruído da cachoeira: devia estar muito perto, imediatamente ao lado ou bem debaixo dos pés, não importa, a sensação era de estar *dentro* dela.

A água também escorria pelas paredes dessa sala, fazendo-a se lembrar do local onde antes esteve aos prantos.

Chorar agora não era opção. O frio não apenas a impedia de chorar, mas também turvava seu raciocínio. Tantos eram os pensamentos em sua cabeça que, à medida que tentava se agarrar a um deles, logo surgia outro no lugar. Ela sabia que estar ali era perigoso, e ao mesmo tempo queria gritar em alto e bom som aquele grito que parecia inerente ao castelo de gelo:

— Oi! Oi!

Não foi exatamente um grito. Outro pensamento a atravessou, e ela mal conseguia ouvir a própria voz. Como resposta, nada a não ser o rugido inclemente da queda-d'água, um som que se impunha a todos os outros. Pouco importava. Se outro pensamento vinha à mente, uma onda de frio logo o afugentava.

A solução era entregar-se àquele barulho, ela concluiu. Deixar-se levar por ele para onde quer que fosse. Enquanto ele quisesse — não, ela subitamente mudou de ideia.

As gotas tinham alagado o chão. Em alguns lugares, a superfície da água já congelava. Não era um lugar para se demorar — Unn tateava as paredes irregulares procurando outra abertura por onde pudesse escapar.

Era o último aposento, depois dele não havia outro.

Foi essa a ideia que vagamente lhe ocorreu. Pelo visto não havia mais saída. Seus esforços foram em vão dessa vez. As várias fendas que encontrava não conduziam a nada, a não ser gelo adentro, em direção a estranhas nuances de luz.

Mas por onde ela tinha entrado?

Não adiantava pensar assim.

Não era mais o caso de entrar, mas de sair — e isso era bem diferente, ela imaginou, confusa. A fresta por onde chegou não estava mais visível agora que queria sair, evidentemente.

Tampouco adiantava gritar. O ruído da cascata abafaria sua voz. A caverna de lágrimas estava logo em frente, era só mergulhar nela, porém Unn estava determinada a não se entregar. Já havia posto um ponto-final nisso.

Alguém bateu na parede?

Não! Ninguém bateria na parede aqui. Não se bate em muralhas de gelo. Tudo que ela queria era encontrar um lugar seco onde pudesse descansar um pouco.

Finalmente, encontrou um cantinho sem umidade onde havia apenas gelo seco. Ali, acomodou-se sentada sobre os pés, que já estavam dormentes.

O frio começava a dominá-la e toldar seu ânimo. Estava exausta, precisava recuperar o fôlego para tentar achar uma saída o quanto antes — encontrar o casaco e voltar para a tia e para Siss.

Os pensamentos vinham cada vez mais tortuosos. A mãe surgia numa imagem e logo desvanecia. Todo o resto estava envolto por uma bruma, entremeada de lampejos, nenhum deles forte o bastante para chamar a atenção. Haveria tempo suficiente para refletir a respeito, mas só depois.

Tudo parecia ter ocorrido num passado tão remoto que ela mal conseguia recordar. Estava combalida por correr de um lado para outro nesse castelo, confrontar toda aquela estranheza, então era reconfortante sentar-se ali um pouco, agora que o frio não mais a incomodava tanto.

Ela estava sentada apertando as mãos com força, sem nem se dar conta. Afinal, vestia uma luva sobre a outra.

As gotas começaram a chamar sua atenção. De início não ouvia nada além do poderoso rugido da cachoeira — mas agora conseguia distinguir o ruído dos pingos que não paravam de cair. Eles escorriam pelo teto baixo e mergulhavam em montes de gelo e pequenas poças — resultando numa melodia monótona e incessante, pling-plang, pling-plang.

E o que era *aquilo*?

Ela voltou a ficar alerta. Em suas veias agora corria algo que não havia sentido antes, e gritou — tinha à disposição um poço profundo e escuro de gritos, se fosse preciso —, mas deixou escapar apenas um.

Havia alguma coisa no gelo! A princípio não tinha forma, mas assim que gritou aquilo se materializou como um grande olho de gelo lá no alto, encarando-a, intrometendo-se em seus pensamentos.

Era um olho. Extraordinariamente grande.

Ele crescia mais e mais à medida que a encarava. Encravado no gelo e repleto de luz.

Por isso aquele único grito. Mas agora, reparando bem, ela não estava amedrontada.

Agora, seus pensamentos eram mais simples. Pouco a pouco o frio paralisava sua mente. O olho no gelo era imenso e a fitava sem piscar, mas não havia nada a temer, ela apenas pensava: o que está olhando? Estou aqui. Com a mente ainda mais turva, lhe ocorreu o seguinte: não fiz nada.

Não tenho por que temer.

Ela voltou a se sentar, na mesma posição de antes, com os pés debaixo do corpo, e espiou em volta, pois o olho trazia mais luz e clareou o ambiente inteiro.

É só um olho gigante.

Existem olhos gigantes por aqui.

Mas ela percebia que ele continuava a observá-la na contraluz e achou que devia ficar de pé e ver-se frente a frente com ele.

Estou aqui. O tempo inteiro estive aqui. E não fiz nada.

Com o tempo a sala foi tomada pelo pling-plang das gotas. Cada uma era como a nota de uma partitura. Ao fundo, tocava o som grave e incessante, e então vinham os agudos como uma suave melodia: pling-plang!, lembrando a ela de algo que esquecera havia muito tempo, mas que agora lhe soava familiar e reconfortante.

O clarão aumentou.

O olho estava diante dela, irradiando mais luz. Mas Unn o encarava com firmeza, deixando-o expandir-se o quanto pudesse, permitindo-se ser escrutinada de perto, conforme ele quisesse — medo ela não sentia mais.

Nem frio. Não estava confortável, apenas estranhamente paralisada, mas não estava congelando. Até se lembrou vagamente de quando o interior do castelo estava congelante, mas agora não. Sentia-se pesada e relaxada, no fundo até gostaria de cair no sono, por um instante que fosse, mas aquele olho a mantinha desperta.

Ela já não esboçava mais reação, queria apenas ficar sentada rente à parede com a cabeça em riste, para olhar dentro do olho de luz. Cada vez mais brilhante, ele começou a arder em fogo. Entre ela e o olho, as gotas precipitavam-se como centelhas fugazes, compondo sua melodia monocórdia.

O olho flamejante foi só um aviso — o lugar inteiro de repente foi tomado por aquela luz.

O sol de inverno estava tão alto no céu que enfim conseguia invadir o castelo de gelo.

Tardio e frio, mesmo assim exibia toda sua potência. Seus raios atravessavam as grossas paredes, recantos e fissuras no gelo, que decompunham a luz em padrões e cores deslumbrantes, fazendo a triste sala dançar. Os pingentes de gelo que pendiam do teto e cresciam amontoados no chão, as próprias gotas, tudo bailava no ritmo dos feixes de luz. Enquanto isso, as gotas cintilavam e se transformavam em gelo, uma atrás da outra, e a cada vez havia uma gota a menos no pequeno espaço. Em breve estaria inundado.

Um mar ofuscante. Unn havia perdido a conexão com tudo, menos com a luz. O olho que a tudo via e incendiava transformava tudo em luz. Por que tudo precisa ser tão claro, ela chegou a pensar.

Trôpega de sono, ela já não estaria aquecida também? Congelando já não estava mais, pelo menos.

Os padrões projetados na parede de gelo bailavam pela sala, a luz ficou mais forte. O lugar inteiro parecia estar virado de cabeça para baixo — tudo estava feericamente iluminado. Ela não percebeu, nem por um só instante, nenhuma estranheza naquilo tudo, era simplesmente assim que devia ser. Só queria descansar, estava realmente esgotada e pronta para adormecer.

II.
Pontes cobertas de neve

I.
Unn desaparece

Tudo por acaso não passou de um sonho estranho?
Unn e eu estivemos *mesmo* juntas ontem à noite?
Sim!
Depois que a incerteza se dissipou, a verdade veio à tona: aconteceu, sim. Uma felicidade infinita.

Hoje, o que ela sentia não era nada além de uma enorme saudade de Unn. Era hora de ir direto para a escola e reencontrá-la, hoje seria possível, as coisas tinham mudado.

Siss ficou deitada na cama pensando sobre como seria de agora em diante. Sentia-se tremendamente importante só de pensar: serei amiga de Unn para sempre. Era um sentimento realmente precioso.

A mãe e o pai nada lhe perguntaram nesse dia. Nem uma palavra sobre a maneira como chegara em casa na noite anterior. Decerto estariam só esperando um pouco mais. Um dia ou dois. E então mencionariam o assunto, de passagem. Sempre agiam dessa forma e conseguiam quase tudo que queriam.

Mas não dessa vez! Havia um limite. Nem um pio sobre Unn ouviriam dela. Aquele brilho que reluzia no olhar de Unn era delicado demais para ser expresso em palavras.

A manhã transcorreu como uma manhã qualquer. Siss se protegeu contra o frio, apanhou a mochila e foi para a escola.

Qual das duas chegaria primeiro? O caminho que Unn costumava fazer só cruzava com o seu ao se aproximar da escola. Na estrada mesmo as duas jamais haviam se esbarrado.

Será que hoje Unn continuará a mesma pessoa tímida?, ela pensou.

A geada parecia mais intensa do que nunca. Sobre o manto sedoso da manhã o céu brilhava azul como aço. Hoje não havia nada que a assustasse nas margens da estrada, a penumbra da manhã era apenas reconfortante à medida que o dia clareava. Estranho alguém sentir medo disso à noite.

O que será que está acontecendo com Unn?

Ela provavelmente vai me contar. Não tenho que pensar nisso. Só quero estar com ela. Aliás, ela nem precisa me contar nada. Se for algo ruim, não quero nem saber o que é.

Unn não havia aparecido ainda quando Siss surgiu apressada na sala de aula aquecida. Vários outros já estavam ali. Alguém a cumprimentou casualmente:

— Oi, Siss.

Ela não mencionou a ninguém o encontro da noite anterior. Talvez até desconfiassem, por causa da troca de bilhetes, mas não fizeram nenhum comentário. Talvez estivessem só esperando Unn aparecer. Siss tinha pensado em tudo: assim que Unn passasse pela porta, iria até ela, para que todos testemunhassem como eram próximas agora. De tão empolgada com a ideia chegava a sentir arrepios.

Será que estava dando na vista? Uma menina da turma perguntou:

— Que foi, Siss?

— Nadinha.

Será que os outros já percebiam que ela daria pulinhos de felicidade quando Unn chegasse?

Será que eram *tão* perspicazes assim? Pois bem, que fossem. Logo logo não haveria mais segredo. Por mais que fosse embaraçoso, ela tinha que deixar claro: abraçar Unn e alardear aquela amizade.

Será que ela não vem? O dia já está clareando. Será que quer fazer uma surpresa?

Ela não apareceu ainda. Todos já estão aqui, exceto ela. Até o professor já chegou. A aula está para começar.

O professor cumprimentou a todos com um bom-dia.

Será que Unn não vai dar o ar da graça mesmo?

Sua ausência na carteira foi logo sentida:

— Unn não veio hoje.

Começou a aula.

Unn não veio hoje. Uma simples constatação. Siss, muito atenta, identificou um quê de surpresa na voz do professor. Os outros certamente não perceberam nada. Às vezes um ou outro faltava à aula, não era nada digno de nota. O professor simplesmente anotou na caderneta que Unn não veio hoje. Apenas isso.

Siss sentava-se aflita na cadeira.

Sabia que Unn não costumava cabular aula, deve ter acontecido algo importante para ela não ter vindo. E não demorou para concluir que o motivo só poderia ser o encontro que tiveram no quarto na noite anterior. Será que Unn não queria mais vê-la e pronto? Estaria *tão* incomodada assim?

Durante o intervalo, Siss tentou ser a mesma de sempre. Ninguém comentou nada, então deve ter funcionado. Tampouco mencionaram aquela garota retraída, que não tinha vindo à escola hoje — no fim das contas, ela nem mesmo fazia parte do grupo.

O dia transcorreu como outro qualquer. O sol tardio de inverno apareceu e luziu nas janelas o melhor que pôde. Siss estava apenas esperando o cair da tarde e as aulas terminarem para enfim saber o que teria acontecido a Unn. O dia parecia longo demais.

Mal passou o meio-dia e a luz foi esmaecendo. Antes de concluir seu breve curso pelo céu, o sol se ocultou atrás da neblina, que logo se transformou num espesso véu de nuvens cinzentas.

Diante da turma, o professor anunciou:

— Estava prevista uma mudança no tempo esta tarde. É possível até que neve.

Neve.

Pela primeira vez no ano.

Trivial. Mas significativo. Neve.

Tinha uma importância especial. Todos naquela sala de aula não tinham dúvidas sobre o significado daquele anúncio. Um marco na vida de cada um. Neve.

O professor continuou:

— Se nevar mesmo, é bem possível que o frio dê uma trégua.

E emendou:

— Por outro lado, o gelo ficará coberto de neve.

Por um momento todos pareceram tristes. Como se estivessem num funeral ou coisa parecida. Pelo menos foi essa a impressão. O lago congelado e reluzente estava com as horas contadas. Fez bastante frio, mas foi uma estação fantástica para patinar, como há muito não se via. Hoje ela chegava ao fim, hoje viria a neve.

Quando retornassem para casa, no final do dia, a paisagem já começaria a se cobrir de branco.

No pátio da escola, o chão ainda estava limpo, mas o céu estava cor de chumbo e já se podia, ao erguer o rosto, sentir um ou outro floco invisível caindo. O branco se espalharia pela paisagem inteira. Com a neve acumulada desde a primeira hora, a superfície plana do lago não resistiria por muito tempo.

É incrível como algo pode ser destruído tão de repente. O gelo. Plano, liso e morto.

Então, finalmente, a ausência de Unn começava a ser motivo de preocupação. Antes de a aula seguinte começar:

— Alguém por acaso sabe por que Unn não está na escola hoje?

Ninguém se deu conta do calafrio que percorreu a espinha de Siss. Passou tão rápido como surgiu. Eles se entreolharam, ninguém parecia saber de nada.

— Não — responderam todos, com a mesma sinceridade.

O professor disse:

— Passei o dia inteiro esperando que ela aparecesse. Não é coisa que costume fazer. Mas pode ser que tenha adoecido.

Eles se deram conta de que Unn era mais importante do que supunham. Talvez até já soubessem. Já deviam ter ouvido falar de como era uma menina inteligente, apesar de se manter sempre tão alheia a todos. Nas poucas ocasiões em que se enturmava, assim que a atividade terminava ela logo voltava a se isolar como antes, talvez por se sentir superior ou qualquer outro motivo.

Eles olhavam inocentemente para o professor.

Podiam perceber que Unn estava sendo elogiada.

O professor correu os olhos pelas fileiras:

— Ninguém aqui é próximo de Unn e saberia dizer se ela está doente? Ela não faltou um só dia desde o começo das aulas.

Todos em silêncio. Siss suava frio.

— Ela é mesmo *tão* solitária assim? — quis saber o professor.

— Não, não é!

Todos os olhares se voltaram para Siss. Foi ela quem disse, ou melhor, gritou aquela frase. Com o rosto corado, ela estava imóvel em sua carteira.

— Foi você quem se manifestou, Siss?

— Sim, fui eu.

— Você conhece Unn?

— Sim.

Os outros pareciam desconfiados.

— Pois bem, então não sabe dizer o que aconteceu com ela hoje?

— Não falei com ela hoje!

Siss parecia tão desconfortável que o professor ficou curioso. Ele foi até ela:

— Você disse que...

— Disse que eu e Unn somos amigas — Siss deu com a língua nos dentes antes mesmo que se desse conta.

Pois agora fiquem sabendo vocês todos, pensou ela. Uma colega sentada ao lado parecia querer perguntar: "E desde quando?". Então Siss acrescentou, desafiante:

— Ficamos amigas ontem à noite. Agora vocês já sabem!

— Minha querida Siss — disse o professor. — Por acaso lhe fizemos algum mal?

— Não, mas...

— Então ontem à noite Unn estava bem?

— Sim, estava.

— Muito bem. Então talvez você possa passar na casa dela depois da aula e saber o que aconteceu. Eu sei que ela mora um pouco longe da sua casa, mas você pode dar uma voltinha a mais, não?

— Posso, sim — disse Siss.

— Fico muito agradecido.

Os outros olharam para Siss incrédulos, e foram lhe perguntar:

— Sabe onde ela está?

— Não sei de nada.

— Não acreditamos. Claro que você sabe de alguma coisa. Até o professor reparou.

Estavam todos ressabiados. Não engoliram a história de como Siss foi até a casa de Unn assim tão de repente. Era evidente que Siss estava escondendo alguma coisa.

— É claro que você sabe, Siss.

Ela os olhou de volta, impotente. De uma hora para outra, algo estranho havia acontecido com Unn e somente Siss sabia o que era.

Ao retornar para casa, sobre sua cabeça pairavam nuvens carregadas. Mesmo assim, a neve apenas se insinuava. Siss seguia na frente, acompanhada de vários colegas, fantasiando sobre o que estariam pensando: o que ela sabia sobre Unn?

Chegaram no ponto da estrada onde Siss tomaria outro rumo. Pararam, todos, e se entreolharam de um jeito esquisito. Pareciam magoados. E a culpa era de Siss.

— Que foi? — ela perguntou, sem rodeios.

Eles a deixaram ir em paz.

Ela seguiu apressada na direção da chácara.

E então aconteceu: a neve começou a cair.

Neve. Muita neve. A temperatura ficou mais amena à tardinha e agora a neve podia cair à vontade, tingindo a paisagem de branco. O chão enrijecido e as colinas congeladas. Foi enquanto Siss se aproximava da casa da tia. Quando chegou lá, o jardim já estava coberto de branco.

Ninguém à vista.

O que sei sobre Unn?

Acham que sei de alguma coisa.

Claro que sei, mas... *Só diz respeito a Unn e a mim*. Sim, e talvez também a Deus, ela acrescentou por via das dúvidas, e avançou pelo chão nevado.

Uma pausa importante no caminho.

Assim que entrou pelo jardim, a tia surgiu pela porta. O que poderia ser? Agora Siss também achava que sua preocupação estaria dando na vista — e a tia saía de casa como se estivesse de sobreaviso. Por que será?

Siss caminhava com dificuldade pela neve fofa — suas pegadas eram as primeiras a marcar aquele novo tapete. A tia esperava, miúda e sozinha, com o semblante aflito salpicado pela neve.

— Aconteceu alguma coisa com Unn? — perguntou ela antes que Siss chegasse até a porta.

— Como assim? — reagiu Siss, boquiaberta.
Que golpe mais baixo.
Ela tinha que demonstrar firmeza. Havia antecipado tudo aquilo.
— Quero saber por que é você que está aqui e não Unn.
Só lhe restava então revelar o que todos temiam:
— Ela não está em casa, não é?
De repente aqueles dois rostos se ensombreceram. Perguntas sem respostas. A casa e o galpão de lenha foram revirados, em vão.
Correria. Não havia telefone na casa, embora houvesse um não muito longe dali, ao qual a tia costumava recorrer sempre que precisava.
— Vai escurecer antes que possamos fazer alguma coisa — disse a tia, correndo apressada.
Siss correu de volta para casa. Agora queria falar com eles, precisava ouvir o que a mãe e o pai tinham a dizer. A neve se assentou e a escuridão começou a tomar conta da paisagem.
Mais uma vez percorria aquela estrada às pressas. Coberto de neve fresca, o caminho parecia até uma novidade. Siss não cruzou com nenhum carro nem viu pegadas. Não pensou nas margens da estrada. A única coisa que queria era chegar em casa e dar a notícia a todos.

2.
Vigília

Unn desapareceu.
   Está escurecendo.
   Não é possível!
   Mas o crepúsculo não deixaria de avançar por desejo ou desespero; rapidamente, a escuridão se adensava e preenchia o céu por completo.
   Mais e mais pessoas da região foram sendo alertadas e se voluntariavam para tomar parte nas buscas. Poucas tinham lanternas, e a noite escura e a neve fresca resultavam num esforço infrutífero. Feixes de luz e gritos por Unn eram engolidos pela neve e pelo breu. As pessoas caminhavam em fileiras — contra elas, erguia-se a muralha da noite, uma muralha que tentavam demolir. Elas não desistiam e faziam tudo que podiam para derrubá-la.
   Unn estava desaparecida.
   Se ao menos essa neve tivesse caído ontem, comentaram alguns, haveria pegadas à vista. Mas a neve atrasou um único dia e piorou o que já estava ruim.

Siss estava no meio do tumulto. Ninguém reclamou da sua presença ali. Ela ia de um lado para outro com um nó na garganta. Em casa, discutiu com os pais até lhe darem permissão para tomar parte na busca por Unn.
   — Eu *quero* ir, pai!
   — Crianças não podem sair à noite em plena tempestade — disse o pai enquanto se avexava para sair.

Ela insistiu.

Então veio a pergunta óbvia:

— O que aconteceu entre você e Unn ontem à noite? Algum problema?

— Não — respondeu Siss, laconicamente.

— Afinal, o que ela lhe disse? — intrometeu-se a mãe. — Você estava estranha quando chegou em casa. Ela comentou alguma coisa?

— Não vou contar! — disse Siss, para em seguida se arrepender amargamente. Percebeu que havia falado demais e caído numa armadilha.

— Meu Deus, ela falou ou não alguma coisa a você sobre esse sumiço?

— Não, eu não sei de *coisa nenhuma*, já disse!

Por sorte eles inverteram a ordem das perguntas, de modo que ela pôde responder com a consciência tranquila. Vim embora para casa antes que Unn pudesse me dizer qualquer coisa, quanto a isso ela estava tranquila.

A mãe se achegou ao pai e disse:

— Acho melhor que ela vá com você. Não sabemos o que aconteceu. Você está vendo como ela está nervosa.

Siss poderia, enfim, acompanhar o pai. De início, vários colegas da escola participaram da busca, mas logo voltaram para casa. Siss manteve-se discreta, evitando se aproximar muito da multidão, não queria ser notada.

Já era quase noite. Eles continuariam procurando, varando a noite, se preciso fosse. Unn não poderia dormir ao relento.

Onde mais poderiam procurá-la? No vilarejo inteiro. Não havia nada que pudesse guiá-los. A casa da tia se converteu no centro das buscas. A própria tia estava desolada. Alguns homens a abordavam com perguntas, tentando descobrir alguma pista.

— Lá no lago — alguém arriscou.

— Lá no lago? O único lago por aqui fica junto do rio. Ela provavelmente não iria tão longe.
— O que haveria de fazer lá?
— E o que haveria de fazer em qualquer lugar?
— Estou pensando na *estrada*. Carros indo e vindo, com todo tipo de gente ao volante.

Aflitos e cansados por essas conversas que iam de ouvido em ouvido, os voluntários atravessavam a noite sem encontrar uma só indicação do paradeiro da menina. A estrada. Eternamente perigosa e aberta, a estrada. Uma hipótese sobre a qual não queriam nem pensar.

— Telefonamos para todas as pessoas conhecidas — alguém confirmou.
— Existe uma possibilidade: a cachoeira, com aquele monte de gelo acumulado. Estavam até comentando que fariam um passeio da escola por lá. Será que Unn não foi até lá por conta própria e se perdeu?

A tia interveio:
— Cabular aula para isso? Unn não é de agir assim.
— E como ela é?
— Ela tem amigas?
— Não tem. Ela não tem amigas. Desde que veio morar comigo só recebeu uma visita, ontem.
— *Verdade?* Justo ontem? E quem foi?
— Siss, aquela ali. Mas ela não sabe de nada. Já perguntei. Mas acho que ela não quer falar tudo que sabe. Brincadeira, coisa de menina. Reparei bem quando Siss foi para casa. Mas nada *grave*.

Exausta, a tia estancou no jardim defronte à casa, sentindo-se impotente por não poder ajudar mais, embora continuasse rodeada pela multidão.

— Por que a neve só foi cair *depois*? — ela se perguntava. — Logo depois...

— Costuma ser assim sempre — retrucou alguém, desalentado.
— Não — disse a tia.

Todas as casas acenderam as luzes naquela noite. Entre elas, a neve fresca agora estava coberta de pegadas. Lanternas piscavam a esmo devassando arbustos e clareiras. Gritos quebravam o silêncio noturno, mas não iam longe. A escuridão total parecia absorver até o som.

— Amanhã, quando o dia clarear, a chance de encontrar alguém será maior — comentaram. Mas não era possível esperar tanto.

Siss tropeçou num monte de galhos e caiu. Ela se mantinha sempre próxima do burburinho das vozes e do brilho das lanternas. O pai continuava de olho nela, mesmo à distância. Só caiu porque estava com a cabeça ocupada pensando em Unn.

Onde está Unn?

— Ei, você! — alguém gritou ali perto, mas ela não lhe deu ouvidos, era muita gente gritando ao mesmo tempo.

Ficou caída no chão. Não por cansaço, mas por outro tipo de fadiga.

Nada pode acontecer a Unn...

Nesse instante, ouviu passos logo atrás. Virou a cabeça e deparou com um jovem segurando uma lanterna. Viu um rosto sorridente dirigindo-se a ela:

— Tudo bem aí?

Encolheu-se toda ao ouvir aquela voz, mas o estranho já a tinha descoberto.

— Muito bem! — ele disse. — Eu sei o que você está pensando. Mas agora você não vai escapar!

Um par de braços fortes a envolveu, e ela sentiu o calor daquele abraço apertado.

— Eu sabia que ia te encontrar, tinha certeza disso!

Ela finalmente entendeu o que se passava.

— Mas não sou eu!
Ele riu.
— Você não vai me fazer cair nessa. Aliás, acho que essa brincadeira já foi longe demais...
— Estou dizendo que não sou eu! Também estou aqui procurando Unn.
— Você não é Unn? — disse o estranho, decepcionado.
Seria tão bom, mas ela foi obrigada a dizer:
— Não, meu nome é Siss.
Os braços fortes a largaram tão de repente que ela até se arranhou ao cair sobre um galho seco. O garoto disse, irritado:
— Pare com essas brincadeiras! Todo mundo vai achar que você é ela.
— Eu *preciso* estar aqui. Eu a conheço. Conheço Unn.
— Ah, conhece? — disse ele mais calmo.
Ela também não estava zangada.
— Você se machucou?
— Não, nem um pouquinho.
— Não foi de propósito, mas percebi que você se machucou.
Uma pequena alegria em meio a tanto desânimo.
— Mas você não pode ficar enganando as pessoas assim, ainda mais sendo tão parecida com a menina que estamos procurando. Não estamos aqui por diversão. Você devia ir para casa imediatamente — disse ele voltando a franzir o cenho.
Siss estava relutante. Ninguém podia falar assim com ela, como se fosse uma criancinha que pudesse ser mandada embora. E disse sem pensar duas vezes:
— Sou a única que conhece Unn. Estivemos juntas ontem à noite.
Ele se deixou impressionar? Não. E perguntou um pouco relutante:
— Você está sabendo de alguma coisa, então?

Ele a encarava. Um feixe de luz entre os dois permitia que se olhassem bem nos olhos. Ele desviou o olhar e se afastou.

Siss se arrependeu de ter falado aquilo impensadamente. O clima já estava tenso o bastante. Não contou até três e já estava enredada numa armadilha que ela mesma armou. Rapidamente se espalhava um rumor de que a pequena Siss sabia de alguma coisa.

Cada minuto era precioso. Não demoraria muito para uma mão forte segurá-la firme pelo braço. Desta vez não era um desconhecido de olhar gentil, era o semblante de um homem que ela conhecia bem. Um rosto de feições crispadas que lhe parecia assustador nesta noite, ainda que normalmente não fosse assim.

— Você está aí, Siss? Precisa vir comigo.

Siss ficou lívida.

— Para onde?

— Para casa. Não pode ficar aqui correndo de um lado para outro assim. E tem outra coisa — disse ele, e a deixou tremendo dos pés à cabeça.

Era uma pegada firme, ela não tinha alternativa a não ser obedecer.

— Meu pai deixou, você não sabe de nada — disse ela no mesmo tom desafiador. — E *não* estou cansada!

— Pois agora você vem. Tem algumas pessoas aqui querendo falar com você.

Ah, não!, ela pensou.

O homem só a largou quando estavam diante de dois outros — os quais ela também conhecia. Eram próximos de sua família. Ela compreendia o que aquilo significava.

— Vocês sabem onde está meu pai? — perguntou ela bancando a durona.

— Ah, ele não está longe, não se preocupe. Mas escute aqui,

Siss. Você disse que sabia alguma coisa sobre Unn. Esteve com ela ontem à noite, não é verdade?

— Sim, estive. Passei na casa dela.

— E conversaram sobre o quê?

— Ah...

— O que é que você sabe sobre Unn?

Três pares de olhos hostis a encaravam sob a luz da lanterna. Costumavam ser amigáveis em outras ocasiões. Agora eram assustadores, afiados como faca.

Ela não respondeu.

— Fale alguma coisa. A vida de Unn pode depender disso.

Siss protestou.

— Não!

— Você disse que sabia alguma coisa sobre Unn, não foi?

— Ela não falou nada. Não comentou nada sobre isso.

— Isso o quê?

— Isso de que iria a algum lugar.

— Ela pode ter dito algo que possa nos ajudar na busca.

— Não, não pode.

— O que ela lhe disse?

— Nada.

— Você tem noção de que isso é muito sério, não tem? Não estamos perguntando para te assustar, só queremos encontrar Unn. Você disse que...

— Foi só da boca para fora!

— Não acredito. Estou vendo que você está escondendo alguma coisa. *O que Unn disse?*

— Não posso dizer.

— Por que não?

— Porque não foi assim, ela não me disse *nada*! Ela não disse nada sobre desaparecer.

— Pode ser, mas mesmo assim...

Ela começou a gritar:

— Me soltem!

Eles pararam de repente. Era até perigoso a menina ficar ali esbravejando daquele jeito.

— Vá para casa, Siss. Você está muito cansada. Sua mãe deve estar em casa, imagino.

— Não estou cansada. Eles me deixaram vir. Eu preciso estar aqui.

— Precisa?

— Acho que sim.

— Isso aqui não é nenhuma brincadeira. É uma pena que não queira nos contar nada. Nos ajudaria muito.

Não, ela pensou. E eles a deixaram ir.

Siss sentia um estranho vazio na cabeça. Era fácil voltar para casa, embora continuasse achando que precisava virar a noite ali. E continuou vagando como antes, perto das lanternas, enfrentando a escuridão que a anulava, para novamente ser interrompida. Dessa vez era outro homem. Ele não ficou surpreso ao encontrá-la e parecia verdadeiramente preocupado.

— Siss, que bom que está aí. Preciso lhe perguntar uma coisa: você acha que Unn iria sozinha até a cachoeira?

— Não sei.

— Não estavam planejando um passeio até lá na escola?

— Sim, estavam.

— Ela chegou a mencionar que queria ir até lá sozinha? Ela costuma andar sozinha, sabe.

— Ela não disse nada sobre isso!

O homem não parecia tão inquiridor. Seu tom de voz era até manso, mas para Siss aquilo era o limite, não aguentava mais. Determinada, ela começou a chorar de raiva e aflição na neve.

— Calma — disse o homem. — Não quis te fazer chorar.

— Vocês *vão* mesmo até lá? — perguntou Siss.

— Sim, teremos que ir, e agora mesmo. Como estavam comentando sobre isso na escola, *é possível* — disse ele — que

Unn tenha decidido ir até a cachoeira e se perdido. Vamos margear o rio desde a saída do lago.

— Sim, mas...
— Obrigado pela ajuda, Siss. Você vai para casa agora?
— Não, quero ir com vocês até o rio.
— Ah, não. Nesse caso, seria bom você falar com seu pai, acho que ele está logo ali.

Sim, o pai estava ali. Preocupado e tenso, como os outros.
— Quero ir junto. Você disse que eu podia.
— Não pode mais.
— Sou tão forte quanto eles para caminhar até lá! — disse ela erguendo a voz no meio da multidão, confusa e aflita, sentindo os músculos do corpo inteiro retesados e de prontidão.
— Aposto que ela é mesmo — disse alguém que, pelo visto, gostou de vê-la tão disposta.

Diante de tamanha determinação, o pai não ousou dizer mais nada.
— Está bem, está bem, acho que você pode ir. Vou telefonar para sua mãe, que está em casa esperando notícias.

Um grupo numeroso partiu em direção ao rio em meio à escuridão, margeando o lago. Conforme avançavam, se dispersavam com o cuidado de manterem contato. Já não nevava tão forte, mas os flocos que caíam ainda se acumulavam sobre o rosto e incessantemente formavam camadas grossas no chão, dificultando mais a caminhada. Siss não dava a mínima, e se enchia de coragem.

Quase todos empunhavam lanternas, dando vida a feixes de luz errantes que varriam os rochedos e promontórios a caminho do rio. Era estranho ver aquela cena, como era estranho também estar no meio daquela gente. Cada vez mais Siss se enchia de coragem.

O lago descrevia uma curva no meio da escuridão, parecendo mais uma planície nevada. O gelo era tão forte quanto rocha — ali nada podia ter acontecido. Ninguém parecia acreditar que Unn tivesse como atravessar aquela imensidão de gelo.

Eles continuaram em frente. Agora integrada ao grupo, Siss seguia no encalço do pai.

Por fim, chegaram à foz. Iluminaram o fluxo de água negra que deslizava em silêncio sob a camada de gelo. Os homens vasculhavam atentamente a água escura. Era assustador, não havia nada para apreciar por ali. Mais abaixo, em algum lugar, estava a cachoeira, cujo barulho ainda não se podia ouvir em meio à confusão.

A corrente fluía profunda e silenciosamente. O grupo se dividiu em dois.

A neve começou a se precipitar com mais intensidade, acumulando-se nas lentes das lanternas e chegando a bloquear o feixe de luz. Um jovem, atormentado com aquela situação, rangia os dentes e praguejava contra os elementos com o canto da boca:

— Mas não para nunca de nevar!

Deu certo. A neve cessou como num passe de mágica. O garoto chegou até a se assustar. Envergonhado, olhou para os lados para se certificar de que o que disse passara despercebido. Sim.

Agora que os flocos não mais flutuavam pelo ar os homens puderam finalmente divisar a vastidão da noite.

Siss permanecia perto da corrente sob a borda de gelo. Qualquer coisa poderia ser sugada e desaparecer ali embaixo. Melhor nem pensar nisso.

Eles acompanhavam o fluxo do rio ao longo das margens, através dos bancos de areia. A terra se tornou íngreme. O rio tinha voz e vontade.

Depressa! Marchavam sobre seixos e gravetos. Ao mesmo tempo, vasculhavam tudo em volta.

A tumultuada procissão de lanternas serpenteava ao longo do curso d'água, a luz era refletida nas bordas do gelo. Entre elas e a orla, o pretume da água. A luz das lanternas não alcançava muito longe. Além dos feixes, apenas o desconhecido. Ao fundo, a cachoeira mal podia ser ouvida.

Não havia nada a encontrar nas margens do rio.

Já era o esperado, mas... Procurar alguém que desapareceu é assim.

O primeiro a chegar gritou:
— Venham aqui!

Logo todos puderam ver. Logo Siss pôde ver. Durante o outono, ninguém ali teve tempo de conferir como estava a cachoeira. Além disso, a quantidade de gelo só aumentara nos últimos dias. Durante as sucessivas geadas, a água transformou-se num alicerce que permitiu ao gelo se acumular. Os homens apontaram suas lanternas para o alto da cachoeira e ficaram atônitos com o que viram.

Siss alternava o olhar entre *eles*, o castelo, a noite e as lanternas — jamais na vida esqueceria aquela aventura.

O grupo dividiu-se em dois e desceu por ambos os lados da encosta da cachoeira, agarrando-se em formações de gelo irregulares, procurando iluminar todos os cantos e recantos que encontravam pela frente.

Iluminado pelas luzes vacilantes, o castelo parecia ter o dobro do tamanho. A extensa cachoeira estava envolta por gelo amontoado do sopé ao cume da encosta. Sob o facho das lanternas, as paredes da estrutura reluziam. Eram lisas, sólidas e firmes, a neve fresca não conseguia se agarrar a elas e despencava aos montes. No topo, entretanto, grossas camadas de neve encobriam os vãos entre pináculos e cúpulas de gelo. O facho das lanternas não alcançava o suficiente — acima, as paredes de gelo eram cinza na escuridão da noite. Ao fundo, como um animal encurralado, a cachoeira urrava.

Mas o castelo estava escuro e deserto, do interior não emanava luz alguma. Os homens não conseguiam enxergar o que se passava em seus aposentos, suas lanternas não eram potentes para tanto. Mesmo assim, estavam todos maravilhados.

O ruído reverberava dentro do castelo, e a água transformava-se em espuma e respingos ao se chocar contra os rochedos ao fundo, rodopiando sob torres e paredes, para depois se reunir na mesma torrente de antes e seguir avançando. Naquela noite escura e fria, era impossível dizer até onde.

Nada se descortinava além do castelo, do rio e da imensidão. O castelo estava fechado em si.

Siss olhou em volta, será que os homens haviam perdido o ânimo? Não. Nada indicava isso. De mais a mais, tudo dependia do que cada um esperava encontrar ali. Tudo se resumia a isso.

Mas os homens ali permaneciam.

Como isso aqui foi erguido, afinal?

Ninguém mais parecia se preocupar com Siss, que acompanhava de perto os passos do pai. Ninguém mais a importunava com perguntas. Apenas seguiam em frente, procurando. Ninguém conseguiria vasculhar tão bem aquela massa de gelo como eles. Revistando todos os recônditos, de alto a baixo, trocando informações.

Um grito:

— Tem um buraco aqui!

Eles correram até o local. Mal se podia perceber a fenda entre as paredes esverdeadas. Dois dos mais magros se espremeram pelo vão levando uma lanterna.

Nada aqui também. Apenas um vento frio, bem mais frio do que lá fora, que congelava até a medula. Do lado de fora o clima estava mais ameno. Uma câmara no gelo, sem mais aberturas. Atrás dela, o ruído cego e incessante.

Os gritos deixavam claro que não havia nada ali. Em seguida, novamente varreram as paredes com o feixe das lanternas e descobriram uma fresta da espessura de uma mão, com água brotando pelos cantos.

Nada.

Perguntaram então uns aos outros.

— Nada — responderam.

— Ah, não...

O grupo admirava impotente a estrutura de gelo rampante que parecia se elevar até o céu. Cada um trazia no rosto um semblante grave naquela noite. O homem que assumira a liderança das buscas disse:

— Não temos pressa de terminar nossa tarefa por aqui.

Ninguém sabia ao certo o que aquela frase implicava. Quem sabe até tivessem alguma noção, cada um deles. Siss olhou para o pai. Ele não tentava decidir nada, era apenas mais um entre tantos.

Inesperadamente, porém, um dos homens veio falar com Siss. Ela estava um pouco cansada, como seria de esperar, sim, bastante cansada até — mas tão preocupada que até se esquecia disso. Ela olhou assustada para o homem: lá vêm mais perguntas, imaginou.

— Unn mencionou alguma coisa sobre vir aqui?

— Não.

O pai interveio rispidamente:

— Podem parar com isso! Siss não precisa ser mais interrogada.

O líder do grupo interferiu e foi taxativo. Dirigindo-se ao homem que fez a pergunta, disse:

— Siss já nos contou tudo que sabia.

— Também acho — disse o pai.

— Desculpe — disse o homem se afastando dali. — Não quis ser rude.

Siss olhou agradecida para os dois. O líder disse:

— Vamos retomar a busca. Ela pode ter escorregado e caído num desses vãos, se é que veio para cá mesmo e decidiu escalar esses paredões.

Ninguém se opôs. A busca foi retomada. Difícil explicar o fascínio e a atração que o estranho castelo de gelo exercia sobre *eles* naquelas circunstâncias.

Mais uma incursão pelo castelo.

Siss continuava ao pé do castelo assistindo à construção de gelo ganhar vida. Os homens corriam de um lado para o outro. A luz das lanternas penetrava todos os recantos, desde fissuras nos pináculos até frestas entre as rendas de gelo. Não era um castelo qualquer, parecia um castelo decorado para uma festa, ainda que iluminado de fora para dentro.

Siss estava arrebatada por aquela visão, extática por estar ali, e, ao mesmo tempo, em choque por causa de Unn. Uma lágrima rolou de seu rosto, embora ninguém tenha visto. Não conseguiu se conter.

Ela vai resistir, custe o que custar, pensou. Voltar para casa agora estava fora de questão. Depois do castelo, seguiriam o fluxo da correnteza até o local onde o rio era novamente represado por outro lago congelado. Não era tão longe, a cachoeira ficava mais ou menos a meio caminho entre os dois grandes lagos.

Os homens continuavam a busca. Tinham a seu lado a vida e a luz. Estavam explorando um palácio misterioso, e parecia ser um palácio da morte. Se alguém batia na parede com um bastão de madeira era como se acertasse uma rocha. O bastão ricocheteava vibrando na mão. Nenhuma rachadura. Mesmo assim, eles batiam.

3.
Antes que os homens partam

Os voluntários se demoravam, se recusavam a ir embora.
Não conseguiam se afastar dali.
A enigmática construção de gelo que despontava diante deles envolta em névoa e escuridão exerce um poder. Como se houvesse sido edificada para a eternidade — embora tudo não passasse de uma ilusão: ela viria abaixo com as enchentes após o primeiro degelo.
Essa noite, porém, ele aprisionava os homens em seu entorno. Considerando a natureza de sua missão, já estavam ali há mais tempo do que deveriam.
Talvez nem se dessem conta. Mesmo exaustos, não conseguiam parar. Não estão mais em condições de saber se já concluíram ou não o que deveriam fazer ali. O castelo de gelo parecia ter ganhado vida.
Essa vida foram eles que lhe emprestaram. Deram luz e vida não só àquele bloco de gelo inerte, mas também ao silêncio da madrugada. Antes de chegarem, a cachoeira trovejava, alheia e incansável, e o colosso de gelo estava morto, acabado e silente. Eles não faziam ideia do que tinham trazido consigo até serem aprisionados entre aquilo que existia e o que estava por vir.
Mas não é só isso.
Há algo misterioso aqui. As mágoas que sentem afloram e eles as introduzem nesse embate noturno entre luz e desconfiança mortal. Sentem-se melhor, e por causa disso

deixam-se encantar cada vez mais. Dispersam-se nos vincos da geleira, a luz dos feixes entrecruzados das lanternas invade fendas e se desfaz em prismas — outros trechos são iluminados e rapidamente se escondem no breu para sempre. Eles sabem disso tão bem que chegam a estremecer. Aqui não é seguro, mas eles querem, precisam tomar parte nisso. Se existe uma abertura em algum lugar, é somente porque assim lhes parece.

Os homens são forçados a partir, mas o fazem a contragosto.

O palácio de gelo é, para esses homens, a própria perdição. Parecem possuídos, e olham em volta febrilmente, tentando encontrar algo precioso em meio àquele luto, mas acabam se deixando enredar por ele. Estão fatigados, a expressão severa no rosto deles deixa entrever que estão dispostos a se imolar como se estivessem enfeitiçados, anunciando: "É *aqui*". Com os semblantes crispados, estão prontos para entoar uma canção fúnebre ao sopé das muralhas do castelo inexpugnável e fascinante — bastava um só começar e os outros o acompanhariam em coro.

A jovem Siss os observa boquiaberta, percebendo que *alguma coisa* estava acontecendo. Ela percebe que estão se preparando para cantar a tal canção. Vê também o pai a postos. Até ele. Sob o frio congelante, com os ouvidos atentos, Siss ficaria esperando que aqueles muros desabassem. Perplexa no meio daqueles adultos.

Mas falta alguém com aquele ímpeto, e a canção jamais começa. Dedicados a encontrar o que procuram, eles conseguem se controlar e manter seus medos em segredo.

O líder anuncia: "Vamos fazer mais uma rodada de buscas". Ele está tão absorto que poderia ter tomado uma atitude impensada. Todos estão cientes de que cada segundo é preciso. Penosamente, tentam se firmar em pé sobre o gelo escorregadio e sob o teto coberto de neve, sem encontrar uma só pista. Carregando seus mistérios, a água escorre pelo castelo e segue seu rumo. Eles também. O líder diz: "Temos que ir". Ele também teria tomado parte naquele coro funesto.

4.
Febre

Unn estava parada no vão da porta, olhando.
 Mas ela não havia desaparecido?
 Não. Estava parada no vão da porta, apenas observando.
 — Siss?
 — Sim, pode entrar.
 Ela assentiu e entrou.
 — O que foi, Siss? — ela perguntou, mas com uma voz completamente diferente.
 Ela se transformou em outra pessoa, não era mais Unn, mas a mãe.

Siss estava deitada no quartinho, e tudo lhe parecia muito vago. Primeiro viu Unn e então a mãe. Seus pensamentos estavam confusos.
 — Você não está bem, Siss. Está com febre alta. — A mãe falava com uma voz condescendente.
 — Foi um esforço e tanto passar a noite inteira na floresta — ela continuou. — Você chegou em casa resfriada, não está vendo?
 — Mas e quanto a Unn?
 — Ainda não foi encontrada, até onde eu sei. Estão procurando por toda parte. E você chegou em casa de madrugada já abatida.
 — Passei a noite com eles!
 — Sim, mas não aguentou.

— Estivemos no gelo amontoado na cachoeira, percorremos o rio... E depois não me lembro de mais nada.

— Você já não lembrava de muita coisa quando chegou em casa com seu pai. Pelo menos conseguiu vir andando por conta própria. Aí o médico veio e...

Siss a interrompeu:

— Que horas são *agora*? É de noite?

— Sim, já é noite.

— E o papai? Onde está?

— Saiu. Foi ajudar nas buscas.

Ele é mais resistente do que eu, pensou Siss, satisfeita com a ideia.

A mãe prosseguiu:

— Seus colegas de sala também estão ajudando. A escola não abriu hoje.

Aquilo soava estranho. Fechada. Fecharam a escola. Aquela ideia se demorou em sua mente.

— Achei que era Unn ali na porta. Ela não pode estar tão longe, eu acho.

— Ninguém sabe ao certo. Mas provavelmente ela nunca esteve aqui na porta. Você viu coisas demais hoje, menina. Deve ter sentido muitas coisas também.

Por que isso agora? Subitamente ela teve a impressão de que estava nua e puxou o cobertor para se agasalhar.

— O que eu fiz?

Precisava disfarçar imediatamente, precisava se sair com algo.

— Unn não está morta!

A mãe respondeu pacientemente:

— Não, decerto não está, em breve ela será encontrada. Talvez até já tenha sido.

A mãe olhou para Siss como quem tentasse arrancar alguma informação:

— E se por acaso você souber de algo...

Siss pegou no sono o mais rápido que pôde.

Ficou adormecida durante um bom tempo.

Quando acordou, a febre já tinha cedido. Não viu nada além do que já existia dentro do quarto. Espreguiçou-se um pouco, e ao primeiro ruído sua mãe já entrava pela porta.

— Você dormiu bastante. Já é noite alta. Dormiu bem e tranquila.

— É muito tarde? Onde está o papai?

— Lá fora, procurando.

— Nada ainda?

— Não. Não encontraram nada nem conseguiram pista alguma. A tia também não sabe de nada. Eles não sabem mais o que fazer, Siss.

Mais uma vez emergia aquele sentimento que queria destruí-la. Ela estava à mercê dele, indefesa. Não sabia o que fazer para aquilo chegar ao fim!

— Seu pai passou por aqui enquanto você dormia. Queria lhe perguntar uma coisa, mas como você estava dormindo não quisemos incomodar. Era muito importante, ele disse.

A mãe provavelmente não desconfiava de que Siss estava a ponto de explodir de tensão.

— Está ouvindo, Siss?

De nada adiantava cair no sono novamente. *O que será que eu disse sem me dar conta? Será* que dei com a língua nos dentes?

— Siss, tente se lembrar do que você e Unn conversaram de verdade. O que ela lhe disse?

Deitada na cama, Siss apertava o cobertor com força, pressentindo o que viria a seguir. A mãe continuou.

— É isso que seu pai quer saber. Não só ele, mas todos que estão procurando. Seria bom se você pudesse dar a eles alguma pista.

— Não foi nada, eu já disse!

— Tem certeza, Siss? Você disse um monte de coisas estranhas quando estava com febre. Coisas que depõem contra você.

Siss a fitava apavorada.

— Melhor nos contar. Não quero pressionar você, mas é importante. Estamos fazendo tudo isso pensando apenas no bem de Unn.

A sensação ruim que a acossava agora dava a impressão de se apoderar de Siss.

— Mas se eu digo que não posso dizer nada, então não posso, você não entende?

— Siss...

Nesse instante sua visão começou a ficar turva, de repente tudo se tornou estranho e ameaçador.

A mãe insistiu. Siss gritou:

— Ela não falou nada!

Em seguida, tudo em volta escureceu.

A mãe ficou lívida e tentou acudi-la. Deitada na cama, Siss se contorcia e gemia.

— Siss, *não vamos* fazer nada com você!

— Está ouvindo?

— Siss, eu não sabia...

5.
Sob a neve mais profunda

Então onde Unn teria ido parar?
Tudo indicava que a resposta era uma só:
Na neve.
Uma resposta que não fazia sentido.
Uma resposta que confundia a todos, o dia inteiro. Não fazia mais tanto frio, mas nevava sem parar. Então a noite caiu, trazendo a pergunta mais urgente:
Onde está Unn?
Na neve, soprava o vento como resposta. Era inverno para valer. E de Unn ninguém tinha mais notícia. Apesar de tanto esquadrinharem o lugar, nenhum vestígio. O paradeiro de Unn era tão incerto quanto incertas eram as nevascas.
As pessoas não tinham desistido, de uma ou outra maneira sempre havia alguém procurando. Mas de nada adiantava varar a floresta submersa nas profundezas da neve. Era preciso se manter alerta e tentar de outra forma.
A desconhecida Unn. De repente, todos sabiam quem era. Os jornais estampavam a foto: um retrato dela feito ainda no verão, com uma expressão enigmática.
O grande lago já não podia mais ser visto: era apenas uma massa contínua de neve, e já não mais estalava ao se expandir. Ainda havia a esplêndida desembocadura, onde a água fluía calmamente ao redor dos bancos abaulados e aonde ninguém mais se atrevia a ir. Em algum lugar mais além, o castelo de gelo também resistia de pé, disforme sob o manto

branco. Ninguém queria correr o risco de terminar se afundando na neve alta.

Mas uma noite, diante dos muros de gelo, havia ficado para sempre na memória das pessoas e se convertido numa certeza sobre Unn:

Ela teria escalado aquelas paredes, despencado no rio e sido arrastada para algum lugar.

Ainda seguiam fazendo incursões ao longo do leito do rio, além da cachoeira, onde a água era represada em poços profundos. Noite após noite, enfiadas no chão, as varas de madeira que os homens usavam para cavoucar nas buscas mal eram visíveis tamanho o volume de neve acumulada no chão. As estradas confluíam para a casa da tia, todas elas. Ali, todos se reuniam em torno da única parente que restava a Unn, uma mulher solitária que monopolizava as conversas. Todos os sentimentos se amalgamavam e convergiam naquele ponto de encontro.

— Eu compreendo — resignava-se a tia. — Muito obrigada — ela se limitava a repetir. — Não há mais o que fazer.

Ela era a única com quem Unn podia contar.

Uma fotografia instigante feita no verão passado. Unn, onze anos. Exposta na casa da tia, sobre a mesa.

Sempre amável e solícita, a tia recebia novas informações a cada rodada de buscas. Os homens fatigados lhe relatavam o que haviam feito. Novos voluntários fariam mais uma tentativa no raiar da manhã seguinte. Nevara a noite inteira. O inverno se anunciava bastante rigoroso.

A tia falava com todos que tentavam descobrir o paradeiro de Unn e encontrá-la viva. Não chegavam a conclusão alguma.

— Compreendo. O jeito é se conformar. Muito obrigada.

Qualquer um era atendido, qualquer informação era útil. Mas nada do que ela dissesse era capaz de ajudar. Quem ali chegava encontrava apenas uma senhora idosa e cordial. Deveria haver uma grande diferença de idade entre ela e a mãe de Unn. As pessoas deparavam também com a foto, que já era bem conhecida.

— Foi tirada no verão passado, não foi?

A tia confirmava com um gesto de cabeça. Parecia cansada de tudo aquilo.

A expressão *no verão passado* conferia uma carga de emoção àquele retrato. Não queria dizer muita coisa, mas mesmo assim. Difícil dizer que tipo de atração aquelas palavras emprestavam à fotografia, mas havia algo nelas. No último verão. Eles olhavam para ela e jamais a esqueceriam.

Fitavam demoradamente também a tia, que tinha que se submeter a esse ritual. Ela não parecia uma pessoa especialmente forte, mas eles logo percebiam que por trás daquela aparente calma escondia-se uma imensa tenacidade.

Uma pergunta sempre surgia, e ela não se furtava a responder:

— Como era Unn?

— Eu gostava muito dela.

Apenas isso.

Quem quer que ouvisse esse testemunho da tia tinha a certeza de que não havia nada melhor para ser dito. A frase não soava desgastada, a despeito de precisar ser repetida tantas vezes. E então eles se detinham mais tempo admirando a foto.

— Ela tem uma expressão questionadora, não?

— Sim, mas questionando o quê?

O quê? Nada.

— A mãe dela morreu no final da primavera. Era tudo que ela tinha. Razão não lhe faltava para questionar, não é verdade?

Pela janela a neve caía para apagar Unn e tudo mais que encobrisse de branco.

6.
A promessa

Promessa sob a neve mais profunda, de Siss para Unn:
Prometo que não vou pensar em outra coisa além de você. Pensar em tudo que sei sobre você. Pensar em você em casa e na escola, e a caminho da escola. Pensar em você o dia inteiro, até se eu acordar no meio da noite.

Promessa sobre a noite:
Sinto você tão perto que até acho que posso tocá-la, mas não me atrevo.
Sinto seu olhar quando estou deitada aqui no escuro. Lembro-me de tudo, e prometo que vou pensar só *nisso* amanhã na escola.
Não existe mais ninguém.
Farei assim pelo resto dos dias em que você não estiver aqui.

Promessa solene numa manhã de inverno:
Sinto sua presença no corredor me esperando quando vou sair. O que estará pensando?
Prometo que o que aconteceu ontem jamais voltará a acontecer. Não significava nada! Não existe mais ninguém além de você.
Ninguém, ninguém mais.
Acredite em mim quando eu lhe digo, Unn.

Renovação da promessa de Siss para Unn:
Não existe mais ninguém. Enquanto você estiver ausente, eu nunca vou esquecer a minha promessa.

7.
A memória de Unn não pode ser apagada

Unn não pode, portanto, ser esquecida. Sua memória estava presente no quarto de Siss. Em forma de promessa.
    Depois de uma semana, ela conseguiu se levantar da cama. Uma semana inteira com neve caindo na janela e horas e horas acordada à noite, e a impressão de que nunca havia nevado tanto — porque tudo que dissesse respeito a Unn precisava ser coberto pela neve. Apagado. Para deixar claro que ela se fora para sempre. Que aquela procura estava fadada a ser em vão.
    Então a resistência brotou, sólida e vigorosa. Então as promessas surgiram. E se fortaleciam à medida que se conheciam os resultados das buscas. Quando tudo parecia inútil.
    Ela não se foi. Ela nunca se foi. Recolhida em seu quarto, foi essa a decisão a que Siss chegou.
    Não vieram incomodá-la com perguntas mais. Alguém pusera um fim a isso. Ela temia reencontrar a tia, mas era preciso fazê-lo assim que saísse da cama; era a primeira coisa a ser feita.
    Talvez até achassem que a tia viesse aqui interrogar Siss, mas felizmente isso não ocorreu. Ela nunca apareceu. Mas assim que conseguisse se pôr de pé, Siss *teria* que vê-la, conforme lhe disseram.

A imagem radiante das noites febris: Unn ainda ali, viva, de pé como naquela noite em seu quarto.
    Oi, Siss.

Então Siss se levantou da cama. No dia seguinte retornaria à escola, e mal cabia em si de ansiedade. Hoje, porém, era o dia em que se encontraria com a solitária tia. Qualquer outra hipótese estava descartada. Ela partiu.

Um dia claro de inverno. A mãe perguntou, cautelosamente, se Siss não gostaria que lhe fizesse companhia até a casa da tia. Seria uma jornada difícil, por muitas razões. A mãe estava hesitante.

— Não, não precisa vir comigo — recusou Siss sem pensar duas vezes.

— Por que não?

— Ninguém vem comigo.

O pai se intrometeu na conversa:

— Melhor sua mãe ir com você hoje, Siss. Não lembra que estavam lhe questionando sobre um monte de coisas?

A mãe disse:

— Ela vai lhe perguntar sobre Unn.

— Não.

— Vai, sim. Ela vai querer saber o que Unn lhe disse. Pode ser que ela não insista tanto se você não estiver sozinha.

— Ninguém precisa me acompanhar — disse Siss, assustada.

— Muito bem, está certo assim — concordaram eles entregando os pontos. — Faça como quiser.

Siss sabia que deveria ter aceitado a companhia da mãe, que ao agir assim estava magoando os pais. O que eles não sabiam é que ela *precisava* estar a sós com a tia.

Siss partiu às pressas rumo à chácara isolada. Os galhos das árvores ao redor da casa vergavam com o peso da neve. A casa parecia vazia, mas o caminho até a porta estava limpo. Algum homem deve ter escavado o gelo até ali, a tia não teria conseguido fazer aquilo sozinha. Alguém que se preocupava com ela deve ter vindo limpar o caminho. Quem sabe até ela tivesse companhia? Siss confrontou o medo e entrou.

A tia estava sozinha.

— Ah, é você — disse ela assim que a porta se abriu. — Que bom que veio, está melhor? Me disseram que você caiu doente depois da ida ao rio.

— Estou melhor agora. Amanhã vou começar na escola.

O medo desapareceu imediatamente. Ao contrário, ela agora se sentia segura e confortável naquele ambiente.

A tia continuou:

— Sim, eu sabia que era por isso que você não tinha vindo me visitar, porque não estava em condições. Não porque não tivesse coragem, ou me quisesse mal. Mas eu estava à sua espera.

Siss ficou muda.

A tia lhe pediu que se sentasse. Em seguida, sentou-se a seu lado.

— Talvez você queira perguntar um pouco sobre Unn — ela disse. — Pode perguntar se quiser.

— Como assim? — disse Siss, ganhando tempo para pensar no que dizer.

— Qual a coisa que você mais deseja saber?

— Nenhuma — disse Siss.

— Por que *tanto* segredo? — disse a tia, deixando-a desconcertada.

Siss não se conteve:

— Precisam encontrar logo ela!

— Penso nisso todos os dias, mas...

A tia havia perdido as esperanças? Sua voz soava estranha.

— Quer dar uma espiada lá dentro?

— Sim.

A tia abriu a porta do quarto. Siss logo se deu conta de que tudo estava como antes. O espelho, a cadeira, a cama, os álbuns na estante. Tudo estava lá. Claro, não se passaram tantos dias desde que...

Mas nada aqui dentro pode ser remexido, ela pensou. Precisa permanecer intocado até ela voltar.

A tia disse:

— Sente-se na cadeira.

Siss sentou-se na mesma cadeira da última vez. A tia se sentou na beira da cama, era tão estranho... Então Siss não se conteve:

— Por que a Unn *é* desse jeito?

— Não é esse o jeito que ela deveria ser? — perguntou a tia medindo cada uma das palavras.

As duas cuidavam para falar como se Unn estivesse viva.

Siss provocou:

— Ela é uma boa pessoa.

— Sim, e também não parecia feliz, naquela noite?

— Ela não parecia *apenas* feliz — respondeu Siss sem fazer nenhum esforço para lembrar.

— Só vim a conhecer Unn depois que ela perdeu a mãe, na primavera — revelou a tia. — Claro que já a tinha visto antes, mas não a conhecia de verdade. E você, Siss, a conhece menos ainda. Ela não podia ser uma pessoa apenas feliz depois de ter perdido a mãe tão cedo.

— Tinha outras coisas também.

Siss estremeceu ao dizer aquilo. Tarde demais. Havia invadido um terreno perigoso.

— É mesmo? — disse a tia sem se deixar afetar.

Siss rapidamente recuou.

— Não, eu não *sei* de nada, ela não falou nada comigo.

Lá estava ela novamente — no centro do palco, sem conseguir se desviar das atenções. A tia se aproximou. Siss estava agitada e nervosa. Aquilo que Unn havia confidenciado era apenas para ela, Siss, e não para a amável tia.

Permanecendo ao lado dela, a tia disse:

— Vieram aqui e me interrogaram até não mais poderem, Siss.

Sobre tudo que tinha a ver com Unn. Eu sei que foram até você também. Era necessário, não havia como ser diferente.

Ela fez uma pausa. Siss estava tensa. Sabia que a conversa tomaria aquele rumo caso ela realmente fosse até ali, mas... Era hora de se manter firme.

— Me desculpe por perguntar, mas Unn é minha sobrinha, e acho que comigo é diferente. Veja você, eu não sei de nada sobre Unn além daquilo que todos sabem e viram. Ela não me contava nada, era sempre assim. Ela lhe disse algo em especial naquela noite?

— Não!

A tia a encarava, Siss devolvia o olhar, desafiadora. A tia se afastou.

— Não, claro que você não sabe mais do que nós sabemos. Não é provável que Unn tenha se aberto para você logo na primeira vez que se encontraram.

— Não mesmo — disse Siss, determinada a não se deixar abater. — Mas e se ela não voltar? — acrescentou, ainda trêmula, para logo se arrepender.

— Não fale assim, Siss.

— Não...

Mesmo assim, a resposta não tardou a vir.

— Saiba que eu também penso *nisso*. Se ela não voltar, vou vender esta casa e ir embora. Não acho que consiga ficar por aqui, apesar de ela ter passado apenas seis meses comigo.

— Pois bem — ela acrescentou. — Sobre isso *não* vamos falar. Só porque ela ainda não voltou não quer dizer que nunca possa voltar. Não vamos tirar nada do lugar aqui, não precisa se preocupar.

Como ela pode saber *disso*?, pensou Siss.

— Tenho que ir para casa — disse ela, vexada.

— Sim, é mesmo. Deve estar na sua hora. Obrigada por ter vindo.

Ela acha que eu sei de alguma coisa. Não quero voltar aqui.
A tia continuava a pessoa dócil e amável que sempre fora.

Siss tomou o caminho de casa. Que bom que decidiu ir até ali e estava tudo feito.

8.
A escola

Siss surgiu no pátio da escola na manhã seguinte. Como de costume, o dia ainda não estava claro.

Não demorou para se ver cercada de pessoas. Três ou quatro amigas que haviam chegado antes a abordaram. Siss continuava a garota popular de sempre.

— Que bom que conseguiu vir hoje!

— Está melhor?

— Aquela noite foi horrível, não foi?

— E não conseguem encontrar a Unn, como é que pode? Nenhuma pista!

Siss respondia a tudo monossilábica. As amigas desviavam o olhar à medida que ela se afastava.

Outros vieram, e rapidamente Siss era de novo o centro das atenções. Não apenas de meninas, mas de meninos também. Todos mais ou menos da mesma idade. Uma grande algazarra se formou. Eles fariam tudo que Siss lhes pedisse. Ela tinha consciência da felicidade genuína com que a recebiam naquela manhã. Sentia-se bem, mas não perdeu de vista por um só instante a promessa solene que fez e que agora seria posta à prova.

— Também participamos das buscas — contaram alguns.

— Sim, eu sei.

O incidente com Unn havia deixado aqueles dias carregados de sofrimento e expectativa — a sombra da menina parecia se projetar sobre tudo. Perante a Siss que estava ali, aparentemente a mesma de antes, era simples falar de um assunto que agora parecia fazer parte do passado. Eles estavam contentes. Rodeada por amigos que antes considerava iguais, mas agora externavam aquela felicidade constrangida, Siss não tinha como deixar de reagir ao que acontecia. Decidida a se ater fielmente à promessa que fizera, trazia viva na memória a lembrança dos momentos felizes que passaram juntas. Mas, justamente porque havia feito a promessa, agora sentia um nó na garganta.

Pairava uma tensão no ar. Não para o grupo de amigos, mas para Siss, de repente, o clima mudou.

Alguns não se contiveram e fizeram a pergunta que todos gostariam de fazer:

— *O que* aconteceu?

Siss reagiu como se tivesse sentido o talho de uma faca na pele, mas era tarde demais para deter a pergunta:

— Dizem por aí que Unn lhe contou uma coisa que você não...

Alguém tentou remediar:

— Cala a boca!

Era tarde demais. Estava feito. Nesse exato instante, quando Siss estava mais suscetível, o assunto vinha à tona mais uma vez. Sem conseguir se conter, ela investiu contra eles com uma ira desenfreada, gritando descontroladamente, como se quisesse intimidá-los:

— Não suporto mais isso!

Então desabou no monte de neve ao lado e desatou a chorar.

Os amigos em volta ficaram atônitos. Não esperavam uma reação como essa. Tão diferente da menina a que estavam acostumados. Siss ficou deitada no chão, chorando. Um dos meninos aproximou-se arrastando a bota suja de neve. Os demais apenas se entreolhavam ou fingiam não assistir. O tempo frio e cinzento era um indício de mau agouro.

Mas não para aquele garoto.

— Siss — disse ele afetuosamente, cutucando-a de mansinho com o bico da bota.

Ela abriu os olhos.

Logo ele?

Um garoto que sempre estava em segundo plano. Nunca se destacava, apenas seguia o que os demais faziam.

Ela se pôs de pé, ninguém disse palavra. Os outros limparam a neve de suas costas com movimentos rápidos. Em seguida, felizmente, o professor chegou para começar a aula.

Quando todos já estavam em seus lugares, o professor lhe fez um discreto cumprimento de cabeça. Ela estava certa de que ele não a importunaria com mais daquelas perguntas.

— Está tudo bem com você, Siss?

— Sim.

— Que bom.

Só isso e bastava. Imediatamente, ela se sentiu mais leve. Pensou no menino que a cutucou de leve com a bota e agora estava sentado bem à sua frente, com a nuca à mostra. Ela estava agradecida. A manhã foi mais fácil do que imaginara, muito mais fácil do que prenunciava aquele início infeliz. Tudo parecia encoberto por um véu, um véu muito fino.

Ela espiou rapidamente e conferiu se a carteira de Unn ainda estava vazia. Sim, ninguém havia sentado lá, ainda que pelo modo como as carteiras estavam dispostas aquele fosse um bom lugar.

Siss foi deixada em paz pelo resto do dia. Ficou sozinha, encostada na parede, e por ora os outros a deixaram assim. Decerto estava um bocado envergonhada com o que aconteceu mais cedo. O burburinho sobre Unn e as buscas cessou, talvez agora eles apenas cochichassem entre si ou tenham cansado do assunto, que só tinha vindo à tona quando Siss chegou. Afinal de contas, Unn nunca foi *próxima* ao grupo, sempre se manteve alheia. Até chegou a ganhar algum respeito, mas não passou disso.

Siss se deu conta de que estava encostada na parede, exatamente como Unn costumava fazer. Nesse momento, percebeu a algazarra das crianças brincando ao longe. Outra garota parecia ter assumido o papel de líder durante sua breve ausência.

E é *aqui* que eu vou ficar. Foi o que prometi.

A barulheira continuou.

Siss não atinou que eles continuavam brincando como sempre, exceto pela estranheza e pelo incômodo de ocupar a posição em que estava agora. Para um começo de dia como aquele, porém, chegava até a ser um alívio.

Os dias foram seguindo seu rumo e começaram a passar mais rápido. O Natal chegou, como sempre. Quer dizer, não para Siss, que se isolou em casa e não recebia mais os amigos. Os pais a deixavam agir como queria, e não tardou a perceberem como a menina estava tensa e ansiosa. Lá fora, a neve só aumentava.

Montes e montes de neve acumulada, e nada de Unn aparecer.

As buscas provavelmente estavam sendo conduzidas em algum outro lugar — naquela área, com tudo encoberto, não havia por que continuar. Ninguém mais nem sequer parava para pensar no assunto. A neve encobria tudo, lá fora e no íntimo das pessoas.

A tia passou o Natal sozinha em casa, mas de vez em quando recebia alguma visita. Siss não se atrevia a visitá-la.

Tinha receio de saber que a tia havia vendido a casa e estava de mudança pronta. Se assim fosse, seria o fim de toda a esperança.

A tia ainda estava lá.

Siss sentia vontade de perguntar à mãe: "Você não pensa mais em Unn?".

Era como se as pessoas tivessem se esquecido de Unn. Nem seu nome era mais mencionado. A pergunta à mãe ela nunca fez, mas sentia como se estivesse levando sozinha nos ombros um fardo por demais pesado. Sempre recordava da noite no castelo de gelo. Os homens pareciam tê-lo transformado numa espécie de *destino* — quando chegasse a primavera e as condições permitissem esquiar, ela voltaria lá.

Mesmo assim, ela decidiu se queixar com o pai e a mãe, comentando casualmente:

— *Não estão* mais pensando em Unn.

— Quem?

— Ninguém está! — disse Siss, meio a contragosto.

Lá fora o dia começava a escurecer.

A mãe respondeu, compreensiva:

— Você não sabe, minha filha.

Siss ficou calada.

— E ninguém conhecia Unn de verdade. Sei que parece injusto, mas faz muita diferença. As pessoas têm *muita* coisa com que se preocupar, sabe.

A mãe olhou para Siss e acrescentou:

— *Você pode pensar em Unn o tempo inteiro.*

Para Siss, foi como receber um grande presente.

9.
O presente

Agora é noite — e o que é isso?
É o presente.
Não entendo.
É noite e recebi um grande presente.
Ganhei algo e não sei o que é. Não estou entendendo nada.
O presente me observa aonde quer que eu vá.
O presente fica me esperando.

Não está nevando agora, o tempo está firme. A neve acumulada no chão é muita, apagou todos os rastros que existiam, preencheu todos os recônditos. Estrelas luzem sobre a neve, e meu presente está lá fora me esperando, ou entra e vem se sentar a meu lado.
Sinto que me presentearam com ele, mas...
Não está ventando. Se uma tempestade se aproximasse, os flocos de neve começariam a rodopiar ao vento. As rajadas poderosas varreriam as colinas, no entanto... meu presente está em casa, esperando por mim.
Faz silêncio. Faz silêncio no sótão lá no alto, aquele com a pequena escotilha escura. É nessa escotilha que acho que meu presente se encontra agora, observando lá fora — esperando que eu o veja.
Ele está em todos os lugares a que vou, e sei que é um presente e tanto. O que devo fazer com ele?

Que tolice foi sentir medo: não há nada nas margens da estrada. Unn provavelmente voltará quando a brisa amena derreter o gelo.

Ela voltará, nem que o vento sopre mil vezes! Sei que voltará, e não quero pensar em outra coisa, pois o que recebi foi uma verdadeira dádiva.

10.
O pássaro

O pássaro selvagem com garras de aço rasgou o ar entre os dois picos num átimo de segundo. Não quis pousar, alçou um voo mais alto e seguiu adiante. Nenhuma pausa, nenhum destino certo para seu voo perpétuo.

Abaixo dele espraiava-se a paisagem invernal. Para onde quer que fosse estava deserto. Seus olhos escrutinaram aquela paisagem inteira, como se deles emanassem raios invisíveis e cacos de vidro através do ar congelado, e a tudo enxergassem.

Ele reinava soberano nessas alturas — e por esse motivo era desprovido de vida. Suas garras afiadas, frias como gelo, cortavam o vento polar produzindo um uivo constante.

O pássaro que percorria as planícies ermas em trajetórias retas e espirais era a morte. Se mesmo assim houvesse alguma forma de vida entre os arbustos e as árvores lá embaixo, seu olho emitiria um raio que a retalharia. O resultado era uma vida a menos.

Ele não enxergava nada que parecesse consigo.

Planava sobre a paisagem diariamente, num voo eterno, sem jamais se cansar.

Ele nunca perecerá.

Uma violenta tempestade se abateu sobre as planícies. Em certos lugares, o terreno foi descoberto pelo vento. Os montes de neve haviam se soltado, não eram mais compactos como antes, mais lembravam vagas gigantes no oceano. Depois da tormenta, o sol apareceu raiando frio. O olho afiado do pássaro a tudo assistia nas alturas.

Pairando sobre o castelo de gelo. Hoje a neve sobre o castelo foi varrida, deixando à mostra seu verdadeiro formato. O pássaro percebeu a mudança e lançou um raio dilacerante nessa direção: primeiro com os olhos, depois arremetendo o próprio corpo. A meio caminho, deu uma guinada brusca na trajetória, reduziu a velocidade e raspou a parede de gelo. Em seguida, subiu a uma altura vertiginosa e se transformou num pontinho preto no céu.

No momento seguinte, lá vinha ele novamente. Uma nova investida contra o castelo de gelo, exatamente no mesmo local de antes. Era um pássaro livre, nada o impedia de fazer como bem entendesse. Nada o ameaçava, se ele se aproximava ou se afastava era porque essa era sua vontade.

Mesmo assim, não queria ir embora daquele lugar. Não conseguia quebrar as paredes nem pousar sobre elas — apenas raspá-las, como o sopro de uma brisa negra. No minuto seguinte lá estava ele no horizonte, ao longe, ou subindo ao céu numa espiral. E então mergulhava, raspando a parede de gelo no mesmo ponto. Já não era mais um pássaro livre com garras de aço ao sabor do vento: agora estava preso *aqui*.

Ele se tornara um prisioneiro de sua própria liberdade, incapaz de pôr um fim àquilo. Aquela visão o confundia.

Ele agora poderia se ferir mortalmente, vítima dos próprios golpes — investindo contra paredes duras como vidro, que não se deixavam abalar. Aquelas asas, que rasgavam o ar, também poderiam rasgar a si mesmo.

II.
Um lugar vazio

As aulas e o inverno voltaram a seu curso habitual. Siss ficava de pé, encostada na parede, durante o intervalo. Os colegas já estavam até acostumados a isso. As semanas passavam, uma semelhante à outra. As buscas por Unn foram suspensas.

Siss mantinha-se firme junto à parede e à promessa que fizera. Outra garota assumira a liderança do grupo.

Então, numa manhã de inverno como outra qualquer, surgiu uma nova aluna na sala. Tinha a mesma idade dos demais e se juntaria à turma. Seus pais haviam se mudado para o vilarejo recentemente.

O clima ficou tenso. Siss percebeu num relance que eles não se esqueceram do que acontecera. A carteira vazia que Unn ocupava logo se tornou o centro das atenções. A novata, alheia a tudo mais, olhou em volta enquanto os outros ocupavam seus assentos.

A novata então viu uma carteira vazia no meio da sala e se aproximou. Parou e perguntou ao grupo:

— Está livre?

Todos olharam para Siss. A mesma Siss que se transformara em outra pessoa. A Siss de quem tinham saudade. Agora era a hora de mostrar como era benquista e se preocupavam com ela. Siss acolheu essa empatia que vinha como uma onda, arrebentando em si e jorrando de volta, enquanto seu rosto corava. Uma súbita felicidade que não esperava sentir.

— Não — disse ela para a novata, em meio a esse turbilhão de emoções.

A menina pareceu um pouco surpresa.

— Nunca estará livre — disse Siss, enquanto o restante dos alunos se acomodava em suas carteiras sentindo algo que ainda não haviam experimentado: um desejo súbito de zelar pelo lugar de Unn, manifestando em relação à inocente novata uma espécie de desprezo, como se ela tivesse posto tudo a perder.

Não havia mais carteiras, e a novata foi obrigada a ficar de pé diante da classe até o professor chegar. A tensão aumentou.

— Muito bem, vamos encontrar um lugar para você — disse ele depois de fazer as apresentações. O professor olhou para a turma antes de tomar a óbvia decisão.

— Pode ocupar aquela carteira ali. Ela está vazia agora.

A garota virou o rosto para Siss.

Siss levantou-se.

— Não está vazia — disse ela com a voz embargada.

O professor a encarou e disse calmamente:

— Siss, é bom ocuparmos esse lugar. Acho que será melhor assim.

— Não!

O professor estava diante de um dilema. Olhou para a turma, percebeu na expressão dos rostos que concordavam com Siss.

— No corredor tem cadeiras que não estão sendo usadas — disse Siss, ainda de pé.

— Sim, estou ciente.

— Esse lugar é de uma aluna que desapareceu no outono passado — explicou ele à novata. — Talvez você tenha lido a respeito nos jornais.

— Várias vezes.

— E se o lugar dela não estiver aqui, ela nunca vai voltar! — Siss apressou-se em dizer, e nesse instante aquela afirmação nem mesmo parecia um disparate. Um calafrio percorreu a sala inteira.

O professor disse:

— Acho que agora você foi longe demais, Siss. Não podemos falar assim, nenhum de nós.

— A carteira não pode ficar como está?

— Compreendo como está se sentindo, Siss, mas não exagere. Não seria melhor deixar alguém ocupar esse lugar por enquanto? É natural que seja assim. Não há nenhum problema nisso, certo?

— Há, sim — disse Siss, sem conseguir refletir sobre o que estava dizendo. Atônita, ela não desviava o olhar do professor, que na verdade não parecia compreender o que se passava.

A novata permanecia encarando a turma, imóvel. Talvez achasse que o mais sensato fosse ir embora dali o quanto antes. Estava sendo hostilizada por algo que não era sua responsabilidade. Diante do impasse, o resto da turma se fiava triunfante na determinação de Siss.

O professor chegou a uma conclusão.

— Muito bem, vou apanhar outra carteira.

Siss olhou para ele agradecida.

— Não vale a pena remexer nessa lembrança — disse ele saindo pelo corredor.

Imediatamente todos passaram a olhar para a novata com outros olhos. Não era uma inimiga, era bem-vinda ali.

Por alguma razão, perguntaram a Siss, que estava de volta em seu lugar:

— Vamos brincar no intervalo hoje, Siss?

Ela balançou a cabeça.

Não podia lhes contar da promessa nem do grande presente que havia recebido. Permaneceu onde estava, apenas esperando o professor entrar arrastando a carteira.

12.
Um sonho com pontes cobertas de neve

Cá estamos diante da nevasca.
O braço do teu casaco se cobre de branco.
O braço do meu casaco se cobre de branco.
Passam por nós como se fôssemos
pontes cobertas de neve.

Mas pontes cobertas de neve são gélidas.
Aqui dentro a vida arde e pulsa.
Quente sob a neve sinto teu braço
pesando sobre o meu.

Não para de nevar
sobre pontes tranquilas.
Pontes das quais ninguém ouviu falar.

13.
Criaturas negras sobre a neve

Um leve movimento na copa das árvores é o primeiro sinal. Não há vento, apenas uma brisa suave que embala o alto das coníferas nessa noite temporã. Mas é quando escurece que ele mostra todo seu ímpeto. Um vendaval noturno.

Voltou a nevar nesse dia. Tudo ao redor reluz e se reveste de branco, mas as nuvens cinza carregadas parecem querer desabar do céu.

É agora que começa. Quem está ao relento percebe e adota outro ritmo, apressando-se para chegar em casa logo.

É só uma brisa passageira, parecem repetir para si mesmos. E mais não dizem. É agora que começa.

O ar se agita, vergando os galhos das árvores. As agulhas dos pinheiros parecem abrir a boca e entoar um estranho acalanto. Cada uma é uma voz tão discreta que mal pode ser ouvida, mas o coro é tão poderoso que poderia revirar as montanhas, se assim o quisesse. Mas é só uma brisa, a neve está úmida e imóvel no solo, não mais em flocos rodopiando pelo ar.

É só um ventinho, repetem os últimos a chegar. Eles emergiram do coração da floresta e vieram para o descampado — é lá que primeiro travam contato com aquele vento. Emocionam-se, o abraçam como abraçariam um amigo há muito tempo distante. O frio já se demorou demais — e o clima não tardará a piorar novamente. Aquele vento traz consigo um instante que melhor seria se durasse para sempre. O ar úmido que sopra no escuro da noite os deixa eufóricos.

Nada é ainda conhecido, mas logo o será, pois está intrinsecamente ligado ao que prenunciam as nuvens no alto. É nesse estado de espírito que finalmente regressam a pé ao lar dormente. Amanhã ninguém mais guardará na memória o efêmero instante dessa noite em que foram outros e estiveram tão contentes.

Pela manhã, quando raiar o dia, a temperatura ainda estará amena, e das árvores emanarão apenas sussurros. Quando estiver claro, a neve úmida estará salpicada de minúsculas criaturas negras. Cada palmo de neve, se espraiando por léguas em todas as direções. Estão vivas, revirando-se como se quisessem ir embora dali — até pouco tempo eram uma nuvem, carregada pelo vento e pela noite, um vislumbre do que ocorre na vastidão do universo, e serão reduzidas a uma estreita faixa na neve depois da próxima precipitação.

14.
A visão de março

Depois de todo o rigor invernal, março chegou trazendo seu céu luminoso. Agora as manhãs despontavam bem mais cedo, ainda geladas mas brilhantes. A neve adensada sobre o chão, perfeita para esquiar, era um convite a passear lá fora. Era a época perfeita para visitar o castelo de gelo. O mês já estava quase no fim.

Os alunos combinaram o passeio num sábado letivo, antes de voltarem para casa. Seria na manhã do domingo seguinte. O passeio tinha um quê de especial pois Siss iria junto.

Eles estavam determinados a convencê-la. Três colegas insistiram com ela:

— Vamos, Siss. Só esta vez.

As três amigas de quem mais gostava.

— Ah, não — ela disse.

Só aquelas três. A turma sabia que eram as mais indicadas para a missão.

Jamais aceitariam um não como resposta.

— Vamos, Siss. Você não pode continuar nos evitando assim, como se não existíssemos. Não lhe fizemos nada de mau.

Siss não estava propensa a ceder. Até queria ir ao castelo, mas por conta própria.

Aquela que estava mais determinada a convencê-la se aproximou e disse baixinho:

— Siss, queremos muito que venha com a gente...

— Siss — repetiu ela, sussurrando, decidida a tentá-la ainda mais. As outras duas ficaram paradas, inabaláveis, como para reforçar o poder daquelas palavras.

Eram realmente fortes e determinadas, aquelas três meninas. Renunciando à promessa que fizera, ao menos em parte, Siss reagiu no mesmo tom provocante, propondo ela mesma um desafio:

— Muito bem, eu vou. Mas só se nós entrarmos no castelo de gelo.

As três mal cabiam em si de contentamento.

— Agora você está sendo bacana.

A consciência de Siss pesou assim que a deixaram a sós. O pai e a mãe ficaram tão felizes ao saberem da novidade que isso lhe parecia também um peso.

No dia seguinte, a turma se reuniu fazendo todo alarido a que tinha direito. Era uma manhã clara e brilhante. Uma fina camada de neve recém-caída sobre uma base mais sólida e compacta — não poderia haver cenário melhor. Todos estavam animados para ir esquiando até a cachoeira, e mais ainda pela presença de Siss. Ela se sentia acolhida no grupo, estava confortável na companhia dos colegas. Era fácil estar ali, tão fácil quanto deslizar os esquis sobre a neve fresca.

Tudo era como deveria ser, e mesmo assim não era.

A trilha por onde seguiram terminava logo além da cachoeira. Havia ao redor grandes lagoas tranquilas em cuja superfície o gelo depositado flutuava — tornando possível até atravessá-las, caso alguém quisesse se aventurar. O ruído da cachoeira quebrava o silêncio, e foi na direção dela que o grupo seguiu sem mais demora.

Todos já tinham estado por ali uma vez ou outra durante o inverno e conheciam a imponente construção de gelo, que agora se projetava diante deles em todo seu esplendor, sem um só resquício de neve. Os raios do sol de março varavam o interior do castelo, fazendo a massa de gelo resplandecer.

Todos estavam cientes de que não deviam dizer a Siss nada que a magoasse. Ela mesma percebia isso, e se sentia a um só tempo confortável e constrangida. No fundo, porém, estava abalada com a visão daquele lugar. A indissolúvel conexão entre ela e o castelo foi estabelecida naquela noite, na companhia dos voluntários que procuravam por Unn. Ela teria de permanecer ali e se desvencilhar dos demais de alguma forma.

O grupo se regozijou com a visão do castelo e com o barulho da cachoeira, muito mais intenso naquela parte, e estava pronto para seguir adiante.

Mas Siss não queria ir. Aconteceu o que mais temiam. Não haviam conseguido convencê-la, afinal, e esperavam que ela própria o admitisse.

— Escutem! — ela disse. — Acho que não quero ir mais além com vocês. No fundo só queria vir até aqui.

— Por que isso agora? — alguém quis saber. Mas uma das três amigas se antecipou:

— É Siss quem decide. Se ela não quiser vir com a gente, não é problema nosso.

— Não quero ir. Vou ficar aqui — disse Siss com uma expressão de quem não queria ser contrariada.

— Nesse caso também vamos ficar — disseram eles generosamente.

Siss ficou comovida.

— Não, não precisa. Por favor. Podem seguir como tinham planejado. Gostaria de ficar sozinha aqui um instante.

Eles pareciam arrasados. "Não gosta da nossa companhia?" era a expressão que se lia em cada um daqueles rostos. A determinação com que disse que queria ficar ali sozinha os fez lembrar a reclusão de Siss ao longo do inverno inteiro. Um constrangimento silencioso tomou conta do grupo.

Siss percebeu que o passeio estava arruinado, mas não havia mais nada que pudesse fazer. Agora era tarde demais: a promessa que fizera era sólida como uma muralha.

— Quer dizer que não nos quer mais por perto pelo resto do dia?

— Não. Vocês não compreendem... Eu fiz uma promessa! — ela disse, deixando-os surpresos.

Assim que terminou de falar, eles intuíram que era uma promessa feita a Unn, que ninguém ali sabia se estava viva ou morta. Era, portanto, um compromisso sério e incontornável, e isso pôs um ponto-final na discussão.

— Vocês sabem muito bem que eu posso encontrar o caminho de casa sozinha. É só seguir os rastros dos esquis.

Como ela havia retomado o tom de voz habitual, os amigos se sentiram novamente à vontade para insistir, talvez até contrariá-la.

— Sim, mas não é isso.

— Você passou o inverno inteiro encostada naquela parede da escola — um deles até arriscou.

— E agora achamos que as coisas voltariam a ser como eram.

— Vou chegar em casa antes de vocês — retrucou Siss sem querer se aprofundar no assunto.

— Tudo bem, mas achamos que agora seria como antes, só isso.

— Podem ir e não digam mais isso — ela pediu.

Eles assentiram, um a um, e começaram a partir. Agruparam-se num platô mais adiante para deliberar e em seguida sumiram de vista.

Envergonhada e triste, Siss deslizou com os esquis de volta à cachoeira e às paredes de gelo. O barulho a atraía como o clamor de uma voz.

Aquilo a fazia lembrar dos homens e da forma tão estranha como se comportaram naquela noite, como se estivessem antecipando algo que fosse acontecer. Porque estavam certos de que havia essa possibilidade ali. Aquele lugar era o último refúgio de quem perdera toda a esperança.

Ela se fixou naquele pensamento: eu já perdi minha esperança. Frases assim as pessoas repetem dia após dia sem se darem conta do real sentido que têm.

Envergonhada e triste, abandonou os amigos e se abalou em direção à cachoeira, em direção ao castelo de gelo.

Uma construção assustadora e imponente, de qualquer ângulo que se olhasse. Luzidio sem a cobertura de neve, envolto numa aura de ar gélido em meio à brisa amena de março.

Sob o gelo fluía o rio, negro e profundo, acelerando e arrastando em seu leito tudo que conseguia.

Siss demorou-se bastante ali. Queria poder ficar o mesmo tempo que ficaram os homens antes de irem embora, logo antes de aquela sinistra canção começar. Iluminados pelo lusco-fusco das lanternas, *eles* esperavam que a menina desaparecida surgisse bem diante de seus olhos e lhes dissesse que ali seria uma perda de tempo procurar. Siss não pensava assim, não tinha por que pensar assim.

Um enorme pássaro cruzou o ar e lhe pregou um susto. Antes que se desse conta, ele já havia sumido de vista.

Nada a procurar aqui. Nada a encontrar. Mas mesmo assim... Tudo por causa daqueles adultos...

Ela estava decidida a ficar. Descalçou os esquis e caminhou sobre a neve sólida em torno da parede de gelo. Construído daquela forma, resultado de borrifos e respingos de água, o castelo de gelo era em si por demais fascinante. Agora, a construção inteira estava compacta e firme. Siss quis subir até o topo, escalar até o alto, simplesmente para estar lá.

Quando chegou, deu com uma profusão de formas de gelo. O vento já se encarregara de varrer a neve para longe dali.

Cuidadosamente, ela deslizou pelas encostas para o fundo das ravinas, sempre receosa de que não fossem resistentes o bastante para sustentá-la — e com uma ideia fixa na mente: será que foi *assim* que aconteceu?

Há pouco ela tinha dado as costas aos amigos, envergonhada. Agora, sentia vergonha também por ter traído uma promessa ao tê-los acompanhado até aqui, por ter esquecido a promessa solene que fizera só por causa da insistência das amigas — em troca de um passeio de esqui. Não, nem tanto ao passeio de esqui, mas à companhia da turma, isso sim, era difícil resistir. Ela bem que tentou — até não poder mais.

Siss era um verdadeiro turbilhão de emoções no topo da intrincada formação de gelo. Escorregando por entre as paredes e fendas, desceu a uma plataforma descoberta, rente ao penhasco e à cachoeira. Os sentimentos a confundiam por causa daquele lugar. Um pouco mais abaixo, ela entrou numa caverna de gelo transparente e compacta, que refletia os raios do sol em centenas de cores.

Assim que entrou, deu um grito: Unn estava bem ali! Diante dela, através das paredes de gelo! Num relance ela teve a impressão de ter visto Unn.

Presa no interior do gelo.

O forte sol de março raiava bem acima de sua cabeça, inundando-a de brilho e luz. De todos os tipos imagináveis, lampejos, reflexos, rosáceas, flocos de gelo, tudo como se o lugar estivesse decorado para uma grande festa.

Paralisada dos pés à cabeça, Siss absorvia tudo aquilo, incapaz de dizer qualquer coisa além daquele primeiro grito. Estava convencida de que tinha tido uma visão. Sempre ouvira falar de pessoas que tinham visões, e agora era sua vez. Ela teve uma visão e nela estava Unn, durante um brevíssimo instante ela estava lá.

A visão não desvaneceu, assim lhe parecia, continuava placidamente ali no gelo — mas era forte demais para Siss continuar olhando. Avassaladora.

Atrás das paredes polidas de gelo, Unn aparentava ser enorme, bem maior do que de fato era. Na verdade apenas seu rosto era perceptível, o restante do corpo estava difuso.

A imagem era rabiscada por raios de luz perfeitamente nítidos, provenientes de frestas e ângulos desconhecidos, conferindo a Unn uma aura luminosa difícil de assimilar. Siss não se atreveu mais a encará-la. Em vez disso, pôs pernas e braços em movimento e rastejou para outra caverna, sem pensar em mais nada a não ser se esconder. Depois de tanto tempo vislumbrando aquilo todo seu corpo tremia.

Quando voltou a si já estava bem distante. Pensou: ela já deve ter desaparecido. Visagens desaparecem rapidamente.

Mas então isso provavelmente significava que Unn estava morta.

Óbvio que sim. Unn está morta.

Siss desmoronou assim que chegou àquela conclusão. O pensamento que se recusava terminantemente a considerar, a ideia que nem sequer mencionava para si mesma, mas que a rondava o tempo todo, se insinuando — e provavelmente todos em volta já a teriam repetido abertamente muitas vezes —, não era mais possível evitar. Era chegada a hora de enfrentar a realidade.

Deitada no chão, ouviu um assobio, seguido de uma lufada de vento e de um lampejo no ar — tudo de uma vez. Bem próximo.

Ela estremeceu. Estava frio demais para deitar-se ali. Ela passou a rastejar pelo chão escorregadio. O caminho de volta era mais difícil. Abaixo dela, sob o gelo, as fissuras e frestas eram o tempo inteiro iluminadas por um jogo de lampejos e raios de luz. De vez em quando parecia arriscado demais, ela acabava escorregando para onde não devia. Mas conseguia se firmar de pé mais uma vez. Quando alcançou o topo novamente, tudo parecia tão deprimente e difícil. Ela olhou em volta e começou a duvidar se tinha de fato visto alguma coisa.

Claro que tinha.

E também pensou: um dia qualquer nesta primavera toda esta montanha de gelo vai desmoronar. Vai ruir e ser arrastada pela correnteza, partindo-se em mil pedaços pelo rio abaixo, chocando-se contra os rochedos para, enfim, desaguar no lago mais adiante e deixar de existir.

Siss imaginou-se presente ali naquele dia, observando tudo isso acontecer.

Por um segundo, imaginou-se também de pé no alto do castelo naquele instante — mas rapidamente afastou o pensamento.

Não.

Siss recuperou seu par de esquis. Em vez de calçá-los, sentou-se num tronco sob o sol aconchegante. Ainda não estava inteiramente de volta a si. Continuava abalada pela visão de Unn adornada pelo gelo.

Uma coisa era certa: não poderia jamais comentar aquilo com ninguém. De jeito nenhum!

Por que ela tinha que ter visto aquela aparição?

Talvez não estivesse pensando em Unn o suficiente?

Nenhuma palavra sobre isso ao pai e à mãe, ou à tia ou a mais ninguém.

Ela *viu* de verdade? Quem sabe apenas se deixou ofuscar pelo sol lá em cima e teve um breve devaneio? Quando estivesse de pé sobre os esquis e olhasse em volta, seria mais fácil crer que tudo não passou de uma fantasia.

Ah, não, mas não era simples assim. Ela sentia um frêmito pelo corpo inteiro, não é assim que acontece depois de um simples devaneio.

Com as mãos trêmulas, ela calçou os esquis. Admirou novamente o castelo de gelo e pensou que estava diante dele pela última vez. Aqui não ousarei mais voltar.

E fez os esquis deslizarem.

Siss chegou em casa mais cedo do que deveria, empapada de suor depois de tanto esforço. Ao perceberem que o passeio não tinha corrido como planejado, o pai e a mãe não esconderam o desânimo.

— Já está de volta? Não se sentiu bem?
— Não, não foi nada.
— Mas já tivemos notícias de que seus amigos não voltariam para casa tão cedo. Telefonamos para saber.
— Dei meia-volta na cachoeira.
— Mas por quê...?
— Por nada — respondeu ela irritada. — Achei que não conseguiria fazer o passeio inteiro e só fui até o rio.
— Logo *você*?
— Estou bem agora. Só achei que não ia conseguir.

A desculpa era e soou esfarrapada. Ela não era de desistir tão facilmente assim.

— Assim você nos deixa preocupados — disse o pai.
— Pois é, ficamos contentes hoje porque achamos que você tinha superado tudo — acrescentou a mãe. — Achamos que você seria a Siss de sempre.

Superado tudo, eles disseram.

Sem rodeios, eles resumiram o que deveria acontecer: superar tudo. Falar era fácil, mas como seria possível superar o passado tendo testemunhado algo tão impressionante com os próprios olhos?

Não adiantava mentir, ela percebeu, eles não se deixariam enganar. Mas não podia dar com a língua nos dentes. Queria confortar os pais de alguma forma, entretanto não era o caso de inventar nada mirabolante — então o que fazer? Ela olhou para a mãe e nada disse.

— Vá tomar um banho e lavar todo esse suor — disse a mãe — que mais tarde teremos uma conversa.

— O que vamos conversar mais tarde?

— Vá logo. A água está quente.

O conselho de sempre quando alguém chegava em casa com algum problema: já para a banheira. Um banho sempre resolve.

Ela entrou na banheira de água quente ainda pensando naquele rosto iluminado pelo brilho ofuscante. A imagem estava viva na memória. A fadiga e a sensação de bem-estar depois de um exercício e tanto estavam ali, mas não eram fortes o bastante para se apossarem do seu corpo. A força das paredes de gelo aprisionando aquele rosto era bem maior.

Um fardo que ela teria que carregar sozinha. Que haveria de guardar entre seus pensamentos mais íntimos, o mais distante possível dos lábios, para jamais se aproximar deles.

O rosto dizia: Siss...

Não, não dizia nada.

Mas estava bem ali, envolto no vapor quente.

— Siss? — ele disse. O pânico estava à espreita, a despeito do banho relaxante. Acossando-a durante todo o trajeto de volta para casa e agora assumindo o controle total. As paredes de gelo, os olhos...

— Mãe! — gritou ela.

A mãe rapidamente apareceu, como se estivesse esperando por isso. Siss podia ser criança, mas não se esqueceu de manter a boca fechada sobre o que se passou.

15.
Um teste

A promessa, o que seria dela *agora*?

O que está acontecendo comigo? Um vento que acaricia de leve o meu cabelo. Uma brisa — inexperiente.

Unn nunca mais voltará a me encontrar, como prometido. O que será da promessa agora se Unn estiver morta?

No dia seguinte, Siss ficou isolada na escola mais uma vez, e voltou para casa sozinha. Assim que chegou, trancafiou-se no quarto. A visão no castelo de gelo foi tão impressionante que ela se mantinha alerta, onde quer que estivesse, para não mencionar o acontecido. Se deixasse escapar algo, seria tomada pelo pânico.

Obrigava-se a ficar no quarto lendo, quando muito saía para tomar um ar fresco lá fora, sozinha. Era muito arriscado ficar sob o escrutínio dos pais: eles perceberiam e a fariam confessar.

De alguma forma os pais estavam antecipando isso, ela sabia muito bem. Por isso mesmo os evitava. Eles até comentavam, com disfarçada tranquilidade:

— Siss, mal estamos nos falando.

— Não é verdade — ela respondia.

E então não diziam mais nada, embora ela continuasse acuada. Isso a deixava insegura.

Por que eu vi Unn?

Para que nunca seja esquecida?

Certamente.

Siss tinha a sensação de que Unn tinha sido esquecida. Não se comentava sobre ela, nem mesmo seu nome era mais proferido. Tanto em casa como na escola. Como se Unn nunca tivesse existido, pensou Siss indignada. Ela existe somente nas minhas lembranças. A tia talvez ainda se lembre, uma vez que não vendeu a casa e foi embora.

Quem mais pensa em Unn?

Era uma pergunta angustiante. Tão vital que era necessário colocá-la à prova.

Pela manhã, Siss decidiu fazer um teste na escola, pouco antes de a aula começar. Todos estavam na sala, exceto o professor. Ele não precisava ser envolvido nisso. Ela tomou coragem e foi em frente.

Ficou em pé, respirou fundo e disse em alto e bom som, quase como se estivesse fazendo um anúncio, para que ninguém deixasse de ouvir:

— *Unn.*

O nome, pura e simplesmente. Mais que isso ela não conseguiria. Eles provavelmente entenderiam.

Nada aconteceu, conforme previra. Todos se voltaram para ela, é claro, e as conversas cessaram, mas em seguida todos continuaram mudos.

Talvez estivessem aguardando uma surpresa. Como ela não veio, começaram a se entreolhar. Ainda em silêncio total. Siss achou que estivessem assustados. Olhou para os lados, cautelosamente.

Havia algum obstáculo entre eles? Alguma hostilidade? Não, não havia. Eles estavam simplesmente boquiabertos.

Ela também estava. Nunca deveria ter se saído com aquela ideia.

Por fim alguém arriscou dizer algo. Não era uma de suas amigas mais próximas, era o menino que a cutucou de leve com a bota. Ela havia reparado que ele parecia mais desinibido ultimamente. Ele falou, como para encerrar a questão:

— Não nos esquecemos dela!

Ponto-final.

Uma menina emendou:

— De jeito nenhum, se é isso que você quer saber.

Percebendo que insistir naquele isolamento não era um bom caminho, Siss corou de vergonha. Titubeando, disse:

— Não foi nada, só quis...

E sentou-se cabisbaixa em seu lugar, convencida de que ofenderia a todos se tivesse dito algo mais.

III.
O som dos pífaros

1.
A tia

Ninguém está sozinho nessa lembrança; ninguém costuma é falar desse assunto. E por que não? Porque não é assim que costumam agir.

A simples ideia deixava Siss apavorada: a chácara foi vendida, a chácara da tia. Agora ela vai embora.

No dia seguinte, resolveu passar em frente à velha casa. Reparou que continuava ocupada como antes, e lá fora avistou objetos que pertenciam à tia.

Como a casa não foi vendida, a tia ainda acredita.

Siss foi surpreendida espreitando a casa daquela maneira. Aproximou-se demais e chamou a atenção. A tia estava na porta e lhe fez um aceno com a mão.

— Siss, venha aqui!

Ao se aproximar, nervosa e a contragosto, ouviu da tia:

— Acho que prometi avisar a você se conseguisse vender a propriedade e fosse embora, não é?

— Sim. E conseguiu?

A tia confirmou com um gesto de cabeça.

Então estava feito. Quando ela teria descoberto? No mesmo instante em que eu estava no castelo de gelo? Tolice. Conte-me mais, Siss ansiava, e foi o que a tia fez, sem rodeios:

— Agora sei que não se pode esperar mais nada.

— Você *sabe*?

— Não é que eu saiba, mas... Mas eu sei, sim. Então está vendida. E vou-me embora para bem longe.

Estranhamente, Siss se sentia confiante: já que a tia estava partindo, não iria mais pedir para lhe contar coisas que ela não queria revelar. Ela não precisaria mais contar nada e pronto.

— E você já vai embora amanhã?

— Por quê? Por que logo amanhã?

A tia olhou intrigada para ela.

— Você já sabia?

— Não. É que todos os dias imagino que você irá embora no dia seguinte...

— Bem, neste caso então você acertou, porque amanhã é *mesmo* o dia. Foi por isso que a chamei. Que sorte a minha que vi você passar. Até pensei em lhe fazer uma visita esta noite, caso *você* não tivesse dado o ar da graça por aqui.

Siss ficou muda. Era uma sensação estranha ouvir a tia dizendo que iria partir. Era desolador. A tia ficou em silêncio um instante, e então se deu conta de algo mais:

— Além disso, chamei você porque quero fazer um passeio esta noite. Minha última noite aqui. Talvez você queira me fazer companhia, que tal?

Uma onda de felicidade.

— Sim! Para onde você quer ir?

— Lugar nenhum. Só dar uma caminhada.

— Mas preciso passar em casa primeiro, vim direto da escola para cá.

— Sim, temos tempo de sobra. Não vou sair antes de anoitecer. E já não anoitece mais tão cedo.

— Então vou agora mesmo.

— Vamos voltar para casa bem tarde — disse a tia. — E avise seus pais para não se preocuparem.

Siss se sentia importante no caminho para casa. A tia e ela dariam uma volta juntas. Não era um passeio qualquer.

***

— Devemos voltar tarde — disse Siss quando já estava pronta para sair. — Ela pediu que eu deixasse avisado.

— Está bem — concordaram de bom grado os pais.

Siss sabia muito bem por que estavam sendo tão compreensivos. Qualquer mínima iniciativa que resolvesse tomar seria bem-vinda nestes tempos, mesmo que não passasse de um inocente passeio na companhia de outra pessoa. Era ela quem os havia forçado a agir dessa forma, e agora remoía esse pensamento pelo caminho.

A tia ainda não estava pronta.

— Não temos pressa — disse ela. — Não precisamos sair antes de escurecer. Seremos só nós duas, não temos que dar satisfações a mais ninguém.

Siss sentia um misto de felicidade e apreensão, além de uma ponta de tristeza com aquela partida.

A tia estava fazendo as malas e empacotando objetos. Siss a ajudou como pôde — mas a maior parte já estava embalada. A sala da casa estava nua, sem vida, e parecia bem maior do que antes.

A porta do quarto não estava aberta. Era um bom sinal.

— Não quer espiar lá dentro?

— Não.

— Muito bem. Não ficou nada lá mesmo.

— Desculpe, quer dizer, acho que quero sim.

Ela entrou. O quarto estava vazio. Situações assim são embaraçosas e geram insegurança.

Agora elas podiam sair, estava escurecendo.

A nova estação já começava a se exibir, era possível sentir tão logo puseram o pé fora de casa. A brisa fresca e a neve exalavam um aroma primaveril. Mas tudo ainda estava coberto de branco. As nuvens passavam baixas apagando as últimas luzes do céu. Passear à toa era perfeito naquele tipo de clima. E assim foi, as duas caminhando por um bom tempo sem trocar uma só palavra.

Tudo em volta parecia indistinto. De um lado e de outro, casinhas que mal se podiam ver, exceto pelas luzes bruxuleantes das lâmpadas. Siss se mantinha em silêncio. A tia fazia seu passeio de despedida. Amanhã já não estaria mais aqui.

Em breve ela dirá alguma coisa.

O crepúsculo entre estações transformava a paisagem numa sucessão de padrões difusos que lentamente se sucediam. A luz refletida na neve servia bem para sinalizar o caminho. Naquela mirada incerta deslizavam as árvores, altas, esticando seus galhos como quem cruzasse os braços em reprovação. Destacavam-se também as rochas, pontiagudas e negras como betume, parecendo punhos em riste.

Era a despedida da tia. Ela não costumava frequentar as pessoas daqui, não tinha criado vínculos. Era apenas uma estranha que não incomodava ninguém e preferia cuidar da própria vida. Mas quando veio a desgraça e lhe retirou a única pessoa que tinha, todos vieram acudi-la. Agora, Siss assistia àquele adeus tão particular.

Então as duas seguiram em silêncio por muito tempo, naquilo que não era só um adeus. Siss esperava — e o momento chegou: a tia estancou no caminho e disse num tom preocupado:

— Siss, não quis que viesse aqui *apenas* para me fazer companhia.

Siss respondeu num fio de voz:

— Nem foi o que pensei.

— O que será de tudo isso? Queria que tivesse passado. Não, não é exatamente isso, mas...

A tia retomou o passo pela estrada coberta de neve, a brisa soprando crua, tal como sua voz quando voltou a falar.

— Posso viver sozinha, mas as pessoas me dizem coisas de quando em quando. Aqui e ali acabo encontrando com alguém, sabe? — disse a tia. — E sei que esse inverno foi muito difícil para você.

Ela parou, como se quisesse dar um tempo para Siss.

Não, pensou Siss assumindo uma postura defensiva.

— Me disseram que você se afastou das amigas da escola e, até certo ponto, também dos seus pais.

Siss rapidamente a interrompeu:

— Fiz uma promessa.

— Sim, imaginei que fosse algo do tipo... e acho que devo lhe ser grata por essa amizade, digamos assim. Não quero que me conte mais nada. Mas me prometa que não vai estragar sua vida, principalmente porque não faz mais sentido agora.

Siss ficou em silêncio tentando entender aonde a tia queria chegar. Apenas ouvia, mas sem má vontade.

— Você adoeceu — disse a tia.

— Eles não paravam e eu não aguentava mais, foi por isso! Insistindo em perguntar coisas que eu não podia dizer. O tempo inteiro...

— Sim, sim, eu sei bem como é. Mas saiba que foi bem no início, quando estavam tentando de tudo para encontrar alguma pista. Eu estava tão aflita que também insisti, você sabe. Nenhum de nós sabia como era difícil para você.

— Agora eles pararam.

— Sim, finalmente pararam, quando as coisas começaram a piorar.

Siss olhava para a silhueta da tia.

— Piorar? Você disse piorar?

— Sim. Você disse que eles tinham parado. Faz tempo que ninguém mais toca no assunto dessa tragédia. Com você, inclusive. Quem pôs um fim nisso foi o médico que foi até sua casa. Até na escola ele pediu para que parassem.

Siss não esperava ouvir aquilo. Mal conseguiu reagir:
— *Como assim?*
Que bom que a penumbra não lhes deixava enxergar os rostos, pensou ela, do contrário as duas não conseguiriam conversar sobre o assunto. A tia escolheu o momento ideal para lhe contar.
— Estavam muito preocupados, como você deve supor. Você estava muito deprimida. Já que estou indo embora, é melhor que lhe diga isso. Acho que você precisava saber.
Siss permanecia imóvel, em silêncio. Aqui estava a explicação para tantas das coisas que a deixavam intrigada. A tia disse:
— Posso lhe contar agora, que tudo acabou. Não precisamos mais esperar.
Siss admirou-se:
— Acabou? O que acabou?
— Sim, acho que precisamos conversar sobre isso também.
Siss sentia o coração palpitando, mas a tia não parou de falar.
— Não pense que as pessoas deixaram as buscas de lado. Não foi nada disso, *eu sei*. Me ampararam tanto que, agora que estou indo embora, nem sei como retribuir. Acho que devia agradecer pessoalmente a cada um deles. Mas não consigo, não sou dessas pessoas.
— Não...
— É por isso que estou caminhando aqui no escuro nesta noite. Sou uma criatura tão pobre e insignificante. Estou aqui e nem ouso mostrar meu rosto.
Ela se vestia mesmo maltrapilha naquela noite amena de abril, apesar de não dar essa impressão.
— Vamos caminhar um pouco mais, Siss. Quero dar uma boa volta antes de ir dormir.
A estrada voltava a passar perto das casas. Pessoas iam e vinham. Aqui e ali brilhava a luz de uma janela. Siss sentia-se tão bem acompanhando a tia, e se perguntava: por que nunca faço

esses passeios com minha mãe? Não sabia responder. Embora a amasse incondicionalmente, ela era tímida com a mãe. Não desejava que nada fosse diferente na mãe, mas tinha essa reserva. Era uma pessoa reservada também em relação ao pai — embora no fundo o amasse da mesma forma. O que diabos fazia daquela tia maltrapilha uma pessoa com quem Siss passaria a noite toda conversando, se preciso fosse?

Sim, Siss estava à vontade para lhe pedir:

— Agora me fale o que acabou, como você disse.

— Acabou para você, a sua parte.

— Ah, não...

— Acho que sim, sabe. Não há mais o que esperar. Ela se foi e não está mais viva.

Felizmente, estava escuro.

Num sussurro, Siss disse:

— De alguma maneira você descobriu?

— Não *descobri* como você está dizendo, mas... Mesmo assim eu sei.

Siss sabia que aquele momento era importante. A tia pigarreou e se preparou para dizer algo decisivo.

— Ouça aqui, Siss, o que quero lhe pedir antes de ir embora é que procure voltar para tudo que você tinha. Você disse que fez uma promessa. Mas essa promessa não vale quando a outra parte não está mais aqui. Somente a lembrança dela, e você não pode se prender a isso e se desligar de tudo que lhe é natural. Só vai causar sofrimento, a você e aos outros, ninguém ficará feliz com isso, pelo contrário. Você está magoando seus pais. Está prestando atenção ao que digo?

— Sim, sim!

— Pois então escute: ela não voltou e você está livre da promessa que fez.

Uma nova pontada no coração.

— Estou livre da promessa que fiz?

— Sim.
— E por acaso é você que pode me liberar?
— Sim, acho que na posição que estou eu posso.

Ao dizer aquilo a voz da tia adquiria uma espécie de autoridade. Siss não sabia o que pensar. Sentia um misto de alívio e dúvida.

A tia a segurou pelo braço.
— Vamos combinar assim? Fazer um acordo?
— Não tenho como saber se é verdade — esquivou-se Siss.
— E se for? — retrucou a tia secamente.
— Sim, se *você* pode fazer isso por mim. Porque neste caso eu...
— Foi tão forte assim, Siss? Mas o que acabei de dizer foi algo em que você deve ter pensado também, às vezes, durante essa primavera?
— Pensei, mas...
— Tudo vai ficar bem, eu prometo. E minha despedida será um *tantinho* mais feliz.
— Você é engraçada — Siss disse, agradecida.

Aquele peso ela não pensava em tirar dos ombros. Livre? Estava mesmo? Era bom ou ruim estar livre? "Você é engraçada" foi a única coisa que lhe ocorreu dizer.

— Vamos voltar agora — disse a tia. — Também não precisamos chegar em casa tão tarde.
— É verdade, mas podemos continuar caminhando o quanto você quiser.

Ao lado da estrada, silhuetas de casas, árvores e montanhas iam passando cada vez mais borrados e enegrecidos. À medida que os via, Siss sentia um calor invadindo o peito — o que é *isso*? Nesse instante incompreensivelmente mágico, o coração transbordava de sangue e a imaginação não tinha limites. Somos nós que estamos nos movendo, as silhuetas não se movem.

A voz da tia:

— Vou insistir que acho que você está livre. Não é certo continuar agindo dessa maneira. Não parece você. Você é outra pessoa.

Sem resposta. Não precisava de resposta, como o brilho das estrelas refletido no fundo de um poço não precisa de explicação.

As duas haviam terminado o passeio. Já era noite alta. A tia tinha feito o que queria. Primeiro, chegaram à casa de Siss. Uma única lâmpada acesa a esperava, a casa estava em completo silêncio.

— Pois bem, chegamos e eu quero dizer que... — começou a tia, mas Siss a interrompeu:

— Não. Vou acompanhá-la até sua casa.

— Ah, não se incomode.

— Não tenho medo do escuro.

— Mas não precisa.

— Posso?

— Claro que pode!

As duas retomaram o passo. A casa com a lâmpada solitária foi sumindo no horizonte. A estrada estava deserta. Elas já estavam ficando cansadas.

— Não está frio.

— Nem um pouco — concordou a tia.

Siss se atreveu a perguntar:

— O que você vai fazer na sua nova casa?

Ela não fazia ideia de onde era, não sabia nada a respeito, nunca foi mencionado. A tia costumava fazer tudo por conta própria.

— Vou me ocupar com uma coisinha ou outra, tudo vai dar certo — ela disse. — Já vendi a casa, você sabe. Não precisa se preocupar comigo, Siss.

— Está bem.
— Eu não tenho serventia para nada — disse a tia em seguida. Foi quando começaram a se aproximar do destino e do fim daquela conversa. Ela continuou: — Sou uma inútil. Fizeram de tudo por mim aqui durante essa tragédia, e estou partindo sem sequer me despedir direito. O que você acha, Siss? — insistiu ela diante do silêncio de Siss.
— Não sei o que dizer.
— Acredito que tenham nos visto caminhando juntas esta noite e vão comentar a respeito, vão dizer que foi o jeito que encontrei de agradecer a todos. Assim espero. E espero que você conte a eles sobre nossa conversa, ficarei muito grata se o fizer, mesmo tendo para mim que só uma criatura inútil como eu possa pensar assim.

Chegou a hora de dizerem adeus.

Elas pareciam flutuar na escuridão, não refletiam um só raio de luz. Não se ouvia uma só passada. Só a respiração e talvez o coração. As duas estavam ligadas naquela noite por uma espécie de fio retesado vibrando de modo quase imperceptível.

Medo do escuro? Que nada. Às margens da estrada, o vento que soprava nas árvores soava como uma vivaz melodia de pífaros.

2.
Como a gota e o graveto

Quem está livre?

Ninguém, e no entanto...

Nada de sair correndo na direção dos outros dizendo: "Eis-me aqui de volta!". Ninguém é livre. Mas é como se os pífaros continuassem soprando.

Como a gota d'água e o graveto durante o dia. O graveto nu, coberto pela neve que derrete, e a cristalina gota d'água que desliza sobre ele. A neve vai se expandindo e revela em seu interior uma faixa negra, uma faixa de criaturas negras que ondula entre vales e montanhas e segue seu rumo. Uma estranha lembrança: uma procissão de criaturas negras no escuro, estendendo-se quilômetro após quilômetro num interstício ameno entre noites frias. Agora tudo se transforma numa água amarelada, que escorre ou se acumula em poças.

— Ei, Siss!

Um grito ao longe. Um chamado do além.

Ela se sente como a gota e o graveto. Não sabe. Está tudo menos morta.

A promessa fora suspensa, e mesmo assim ela não está livre. Um fardo ainda lhe pesa sobre os ombros. É tão pouco o que ela sabe.

As coisas se sucedem com a rapidez de um raio.

A mãe pede, alvoroçada:

— Siss, pode me fazer um favor depois da escola hoje?

— Posso, sim.

Por que é tão diferente agora? O que eles perceberam? Talvez apenas eu esteja pensando assim.

Ela vinha pela estrada para fazer o que a mãe lhe pedira. Tudo em volta era ermo. Garoa e um vento sussurrante. Como foi na escola hoje? Não sabe, não prestou atenção em nada. Contar a eles, de supetão, não seria boa coisa. Era uma promessa rigorosa, difícil de honrar, mas um compromisso assumido. Agora que já não existia, o difícil era saber o lugar que ocupava no mundo. Quando a brisa da noite primaveril traz um aroma estranho, sabe-se menos ainda.

Alguém estava se aproximando.

Sob vento e chuva, descendo uma colina. Um garoto da vizinhança, um conhecido. Suando em bicas, bem abrigado sob a capa de chuva. Algo dentro dela serenou, algo que parecia abraçá-la pelas costas.

— É você, Siss? — ele disse, e ela teve a impressão de que o rosto do menino se iluminou. — Que bom voltar para a estrada, finalmente. Lá no alto da colina a neve ainda está pela altura dos joelhos. Difícil demais caminhar assim, é como enfiar o pé na areia molhada.

Siss sorriu para ele.

— Você vem de tão longe?

— Sim! Mas nos outros lugares a neve já não é tanta. Fui até o rio — disse ele.

— Foi até o rio...?

— Fui, e ele já está correndo novamente.

Então ela teve certeza: a busca continuava. Siss estava exultante e encantada com o garoto. Perguntou:

— O gelo ainda está lá?

— Sim — respondeu ele sucintamente. Como se interrompesse a frase no meio para não dizer mais.

Siss queria saber os detalhes.

— Do mesmo jeito?

— Está.
— Não vai ficar de pé por muito mais tempo, não é?
— Ah, não. O rio está alto e vai subir ainda mais.

A satisfação por ter encontrado o garoto e por ouvir aquele relato era tanta que deve ter transparecido. Um estranho formigamento a invadiu.

— De longe se ouve o barulhão — disse ele sobre a cachoeira, gratuitamente, abandonando o tom monossilábico do início da conversa. — O gelo dá para ver de longe.

— É mesmo? — disse ela.
— De uma colina aqui pertinho, caso você queira saber.
— Não quero.

Silêncio. Os dois sabiam muito bem que estavam falando da desaparecida.

— Ei, Siss — disse ele num tom amigável.

O que mais agora?, ela pensou.

— Estava pensando em lhe dizer uma coisa quando nos encontrássemos — começou ele hesitando em continuar, mas mesmo assim foi em frente, vacilante: — Não podemos fazer mais nada agora, Siss.

Ele conseguiu. Sem rodeios. Siss ficou muda.

— Você *precisa* pensar nisso — acrescentou.

Sim, absolutamente sem rodeios. Indo direto ao ponto, sem ignorar a tensão — e o estranho é que teve um efeito diferente de antes, não lhe causou revolta ou estranheza. Ao contrário, foi até bom ouvir aquilo.

Ela disse quase num sussurro:

— Você também não tem como saber com certeza.
— Me desculpe — disse ele. — Você e essas suas covinhas no rosto — acrescentou em seguida.

Seu rosto erguido estava úmido de chuva. As gotas deslizavam pelas bochechas e escorriam pelas covinhas. Ela rapidamente se virou de lado.

Melhor não dar na vista como estava envergonhada. E feliz.

— Estou indo agora — disse ele. — Preciso ir para casa vestir uma roupa seca.

— Adeus — disse Siss.

Como ele foi em outra direção, ela não precisava acompanhá-lo. Pertencia a outro círculo de amigos e morava longe. Quase um adulto.

Só porque ele mencionou as covinhas. Só por isso?

Ah, sim. No fundo ela sabia que foi só por isso.

Então quer dizer que ainda havia alguém fazendo buscas ao longo do rio e voltando para casa exausto. Sozinho. Depois da partida da tia e tudo mais. Uma procura sem sentido.

Foi-se o período de neve, morte e ambientes fechados — e de repente ela se encontrava do outro lado desse tempo, os olhos cheios de contentamento só porque um garoto lhe disse: "Você e essas suas covinhas".

O som dos pífaros se ouvia em ambos os lados da estrada. Uma estrada por onde se caminha o mais rápido possível, desejando-se ao mesmo tempo que nunca tenha fim.

A estrada tinha fim, e ela voltou para casa mais cedo: era evidente que algo havia acontecido.

— Está um dia bonito lá fora? — perguntou a mãe.

— Bonito lá fora? Está ventando e chovendo.

— E mesmo assim pode estar bonito, não?

Siss olhou para a mãe, desconfiada. A mãe não costumava fazer comentários desse tipo.

Para falar a verdade, nem ela.

3.
O castelo se fecha

Raios gelados partem de todas as frestas do castelo, em direção à paisagem desolada e ao espaço. O curso do dia altera sua forma e sentido, e mesmo assim os raios *partem* lá de dentro rumo ao sol. O pássaro que está atrelado ao castelo continua dando seus voos rasantes, resguardando a mesma distância da primeira vez.

O castelo de gelo nada almeja: simplesmente irradia luz de seus aposentos à beira do colapso. Um espetáculo que nenhum ser humano vê. As pessoas não vêm mais aqui.

O castelo emite raios de luz e o pássaro ainda não se golpeou de morte.

Um espetáculo que ninguém vê.

Não vai durar muito mais. O castelo vai ruir. O que o pássaro fará ninguém sabe. O pássaro alçará voo até se transformar num pontinho no céu, assustado, quando o castelo desabar.

O sol brilha mais alto e cálido. E então o nível do rio também aumenta. A água negra e luzidia adquire um tom branco-amarelado e se põe em movimento, os torvelinhos erodem o gelo e a neve ao longo das margens — e quando finalmente irrompe na cachoeira atira-se numa torrente de espuma sobre os alicerces do castelo, produzindo um som cavernoso e abalando toda a estrutura.

Os raios do sol estão mais fortes a cada dia. O solo próximo ao gelo já não tem mais neve. Expostas ao sol, as paredes de gelo já não pertencem àquele lugar. Abandonadas pelo frio, impotentes, são um elemento estranho àquela paisagem.

Lentamente o castelo vai mudando de cor. O gelo verde e brilhante embranquece ao calor do sol. Os salões e as cúpulas antes transluzentes opalescem como se infundidos pelo vapor, escondendo tudo que abrigam. Retraindo-se e ocultando o que encerram dentro de si. Tudo se recolhe naquela brancura e se dissolve em pleno ar. O cerne ainda resiste. O gelo não reluz mais sobre os campos, mas brilha, mais branco do que antes, ainda brilha. Única massa clara na paisagem primaveril marrom e pálida, o enorme castelo de gelo à beira do colapso encobriu-se num manto e cerrou suas portas.

4.
Gelo derretido

Era como estar sobre o gelo que se esvaía. Em torno de Siss, pedaços de gelo acinzentado e montículos de neve se espalhavam por toda parte. Um córrego negro formou-se e escorreu rumo ao grande lago da noite para o dia — e já de manhã o lago pulsava profunda e lentamente por causa dele, e não demorou para um passarinho pousar na margem, enfiar o bico e beber daquela água. Logo já eram vários desses córregos, e grandes blocos de neve começaram a se mover para encalhar em seguida. O desaguadouro ainda não estava aberto.

Siss tinha a mente no castelo sob a cachoeira. O que presenciou ali dentro adquiriu outro significado depois da conversa com a tia. Decerto não passava de uma alucinação. Ela estava tão angustiada que pode ter fantasiado tudo aquilo.

O castelo também havia assumido outra forma depois da breve conversa que ela teve com o garoto. Aquelas poucas palavras não só reavivaram nela a vontade de ir até lá, mas ficariam para sempre gravadas em sua memória. Provavelmente não teria uma oportunidade de conhecê-lo melhor, mas...

O garoto tinha conseguido transformar o castelo — assim como o fizeram os homens naquela noite. Mais uma vez, tudo era por causa deles.

O nível do rio está subindo, alertou o garoto. O castelo, embranquecido. Não tardará a ruir.

O castelo de gelo equilibrava-se ao sabor da correnteza. Será destroçado por ela. Essa certeza a atraía. Ela precisava ir até lá.

Enquanto isso, observava a trama de córregos que surgiam nos trechos de gelo gris e escorriam na direção do lago. Gelo que derretia e se esvaía por uma terra ainda nua e estéril. Ainda sem um só verde. No alto das montanhas, as massas de neve eram extensas, um indício da enchente que se aproximava. Então o castelo viria abaixo. Havia algo tristemente fascinante naquela ideia: um dia brumoso, uma brisa fresca — e um estrondo que fará tremer a terra.

Na escola não se comentava, mas parecia estar suspenso no ar, logo surgiria a oportunidade. Que deveria obrigatoriamente partir de Siss, ainda reclusa.

Como ainda não tivesse coragem, certo dia deixaram um bilhete em sua carteira:

"As coisas podem voltar a ser como antes, Siss?"

Ela não quis olhar ao redor para talvez descobrir o autor, em vez disso encolheu-se na cadeira.

Talvez a tivessem deixado ainda mais arredia?

Siss continuava sendo observada tacitamente, mas também de uma maneira aberta: o menino da bota a abordou sozinho certa manhã. Talvez o tivessem mandado, talvez tenha ido por iniciativa própria.

— Siss...

Não havia malícia em seu olhar.

— Algum problema? — perguntou ela.

— Sim, as coisas ainda não voltaram a ser como antes — respondeu ele olhando-a bem nos olhos.

Ela sentiu vontade de abraçá-lo, ou talvez de que ele fizesse algo parecido. Ambos permaneceram imóveis.

— Não, não são como antes — disse Siss, mais a contragosto do que deixou entrever. — E você sabe muito bem por quê.

— Mas *podem* voltar a ser — ele insistiu.

— Tem certeza?
— Não tenho, mas podem mesmo assim.
Ela gostou de ouvi-lo falar assim. Sorriu revelando as covinhas no rosto e rapidamente assumiu a expressão carrancuda de antes.
— Alguém mandou você aqui? — perguntou ela estupidamente, sem pensar. Você veio aqui para contar tudo à turma?, foi o que pensou em dizer, na verdade.
— Não! — respondeu ele, ofendido.
— Não, claro que não.
— Eu sou dono do meu próprio nariz.
— Sim, eu sei.
Mas ele estava ofendido de verdade, não queria mais conversa, deu as costas e se foi.

Esse singelo acontecimento lhe serviu como uma espécie de impulso. Era preciso fazer algo urgentemente. Siss precisava dar esse passo adiante, superar a vergonha que sentia diante deles — ainda que fosse estranho sentir vergonha. Afinal de contas, foi ela quem se fechou em copas para o mundo. Ainda bem que teve a oportunidade de conversar com a tia para fazer o que era preciso agora.

O castelo na cachoeira era a deixa para que ficasse muito claro como se sentia. Ela mesma trataria de mencionar o assunto proibido. O castelo estava a ponto de desmoronar, conforme o garoto tinha dito, e ela queria vê-lo antes que o rio o levasse embora.

No sábado, no pátio da escola, Siss surgiu de outro modo, anunciando para o grupo que a observava cheio de expectativa:

— Ei, eu tenho uma sugestão. Que tal irmos até o castelo amanhã? Ele vai desaparecer em breve, me disseram.

— Você quer *mesmo* ir? — disse alguém em voz baixa, surpreso, para logo ser contido pelos demais.

Todos ficaram surpresos. Entreolhando-se. Justo o castelo de gelo, que remetia àquele assunto perigoso e proibido de mencionar? O que tinha acontecido com Siss?, era a expressão no rosto de cada um.

— O que vamos fazer lá? — alguém quis saber.

Agora que havia começado a falar, Siss respondeu com calma e confiança.

— Só achei que seria divertido ver o castelo uma última vez antes que desabe. Ele vai cair a qualquer momento, me disse alguém que esteve por lá. Acho que deve estar ainda mais estranho por esses dias — disse ela por fim.

O grupo agora contava com uma ou duas lideranças distintas. Duas pessoas para deliberar questões como essa. Siss admirou-se ao ver que um deles era o garoto da bota, aquele que em certa ocasião surgiu do nada e veio em seu socorro. Parece que agora ele havia se tornado um dos líderes. A outra era a garota que herdara o grupo de Siss. Era ela quem tomava a iniciativa.

— Está nos fazendo de bobos, Siss? — perguntou ela estranhando tudo aquilo.

— Claro que não.

— Só não estávamos esperando que você fosse sugerir isso, sabe — disse o garoto, como para demonstrar o lugar que ocupava.

— Eu sei.

— Não temos certeza de que você está com a gente de novo — disse a garota. — Mas já que está falando assim...

Ao voltarem para casa, Siss caminhava no centro do grupo. Sem dizer palavra. Apenas seguindo em frente, com todos à volta. Não parecia incomodada, pelo menos não se sentia assim. Era emocionante e ao mesmo tempo estranho voltar para casa naquele silêncio.

Assim que chegou, os pais lhe perguntaram o que havia acontecido. Sem demora ela lhes contou, a empolgação que sentia a fez perder qualquer inibição.

À noite, ela se deu conta de que estava sentada entre o pai e a mãe. O pai comentou:

— Já não víamos a hora de ver você chegar em casa feliz.

A mãe disse:

— Estávamos confiantes de que esse dia chegaria. Ou então não valeria a pena ter atravessado esse inverno.

Siss encolheu os ombros. Eles se calaram.

Poderiam até ter dito que tinham certeza de que ela daria a volta por cima, mas isso a deixaria extremamente envergonhada.

Claro que ela os havia magoado bastante nesse inverno. Mas disso ela sabia muito bem, ninguém precisava lembrá-la. A alegria havia finalmente retornado para casa; estar na companhia dos pais é que era um pouco desconfortável.

5.
Uma janela aberta

Meras palavras não livram ninguém de nada. Agora, noite alta de sábado, a sensação que a manteve de rosto erguido caminhando na companhia do grupo havia minguado.

Deitada na cama, Siss se preparava para o dia seguinte, tão preocupada que não conseguia adormecer, alternando emoções como expectativa, contentamento e desconforto. Com a luz do quarto acesa, não conseguia pregar o olho.

Ela estava de frente para a janela, protegida por uma delicada cortina branca — e de repente o basculante se mexeu e balançou na escuridão da noite. O que foi isso? Nada mais aconteceu. Um discreto movimento na cortina causado pela corrente de ar, como quando se sente um frio na barriga, e em seguida tudo se aquietou novamente. Nenhum vento. Mas algum vento tinha que soprar! A trava devia estar solta — mas ela achava que a tinha fechado, sim. E o quarto ficava no andar superior da casa.

Uma janela não se abre sozinha assim no meio da noite por nada, sem uma boa explicação.

Siss foi imediatamente tomada pelo medo e estava a ponto de gritar apavorada dentro do quarto, mas conseguiu se conter. Não queria que os pais voltassem a se preocupar. Mesmo porque não haveria nada que pudessem fazer a respeito.

O gélido ar noturno passava pela abertura como uma cascata. Ela olhava imóvel para o vão escuro que transparecia através da cortina. Quem surgiria dali? Ninguém. Não é bem assim. Ninguém surge por janelas que se abrem, elas apenas se abrem.

Ela tomou coragem e disse: É bobagem, e eu sei muito bem disso. Claro que a janela não se abriu sozinha, foi só impressão. Provavelmente, não estava fechada direito e não me dei conta do vento soprando.

Mas que é extremamente desagradável ver uma janela se abrindo sozinha, sem explicação, isso é. Não conseguimos discernir o que é verdade e o que não passa de imaginação.

Siss estava nervosa e tranquila ao mesmo tempo. Não atordoada, como se tivesse levado um choque, mas preparada para enfrentar algo mais, caso surgisse. Algo que, no estado em que se encontrava, poderia destruí-la.

Sua mente fervilhava. Amanhã será meu último dia, era no que pensava. Por isso a janela se abriu. *Tem a ver* com aquele castelo de gelo amanhã. Alguma coisa vai acontecer no castelo. O medo às vezes parece um córrego congelado que começa a rachar e fluir. Siss sentia os braços e as pernas dormentes.

Fui eu quem tive essa ideia, não foi difícil convencê-los a ir comigo. Mas alguma coisa vai dar errado no castelo de gelo amanhã.

Hoje é o derradeiro dia. O enorme bloco de gelo branco está se desmanchando. O rio investe contra ele e vai despedaçá-lo.

Ela até podia imaginar. A turma inteira, animada, correndo de um lado para outro — ainda que ninguém revelasse o que de fato estava sentindo. Escalariam todos os lugares possíveis, até o alto, rastejando sobre as cúpulas de gelo. Abafada pelo ruído da cachoeira, sua voz gritando que era perigoso não seria ouvida. Eles continuariam escalando e ela mesma subiria até lá quando chegasse o momento. Eles fariam um sinal avisando também que era perigoso e subiriam ainda mais alto — mas esse era o momento, exatamente como ela previra! Era justamente isso que o castelo e o rio estavam esperando por todo aquele tempo, é agora. Eles estariam lá no topo e ela seria a responsável por tê-los atraído para aquela tragédia: um abismo se abriria sob seus pés, o castelo se partiria em mil pedaços e desabaria com a violenta pressão da água, arrastando consigo toda a turma na torrente espumosa da cachoeira, e seria o fim. Ela soube o tempo inteiro, desde o momento em que os homens estiveram lá com sua canção funesta.

À medida que fitava a janela aberta, esse pensamento tomava forma em sua mente. Não era nada difícil imaginar essas coisas, ao contrário: ela sabia exatamente o que iria acontecer no dia seguinte. Sem se desesperar, mas como uma espectadora que a tudo assistia — apesar de estar também envolvida.

Vou *mesmo* fazer isso amanhã?

Sou obrigada?

Não, não!

Havia um respiro na silenciosa abertura da janela. Ela não se aproximou para fechar o basculante. Não tinha mais medo do escuro, mas ao mesmo tempo não conseguia esticar o braço e puxar o vidro.

Não tenho medo do escuro, ela disse ao se despedir da tia, e nesse mesmo instante já deixara de sentir medo.

Devo estar com medo, afinal de contas, pois não vou fechar a janela.

No cabide do quarto pendiam alguns casacos. Ela os tirou de lá e forrou a cama com eles, para não congelar com a corrente de ar que soprava pela janela entreaberta. Não conseguia nem mesmo virar as costas para lá, tampouco apagar a luz. Não conseguia sequer pensar na escuridão lá fora — ficou deitada, olhando fixamente naquela direção até não se lembrar de mais nada.

6.
O som dos pífaros

A manhã de domingo era radiante antes de o sol despontar no céu. Quando Siss saiu de casa, já eram visíveis as rachaduras nas lâminas de água congelada espalhadas pelo solo ainda sem vida. A turma havia combinado de se reunir bem cedo para ir ao castelo na cachoeira.

Siss não quis se virar e olhar para casa — a noite em claro não a afetara *tanto* assim. Meu último dia. Tolice. Hoje era uma nova manhã e o pensamento era outro.

Mesmo assim, era uma manhã angustiante.

A água congelada que encobria as raízes da grama durante as noites frias de abril era um mero detalhe — a *água* mesmo não se deixava mais conter e imprimia sua marca em tudo ao redor. Inundava tudo que estivesse vivo, girando em redemoinhos por onde passava — gorgolejando pelo ar da manhã de domingo, qualquer que fosse o motivo. O degelo enchera o grande e brumoso lago até a borda. Um ou outro bloco de gelo ainda surgia boiando pela superfície e encalhava nas praias de areia negra. Mais além, sem que pudesse ser ouvido ainda, o grande rio trovejava com seu enorme poder.

Um ruído familiar do qual Siss procurava se acercar agora, com o coração a ponto de saltar do peito.

Tudo menos parar nessa hora. A força da seiva ascendendo na planta, a força do cheiro da terra crua, o coração atribulado à medida que caminhava em meio a isso. A melodia doce dos pífaros, graves e agudos, surgia para envolver Siss num misto de melancolia e encantamento.

Somos tocadores de pífaro, enfeitiçados por coisas a que não resistimos.
Tudo está nu e renovado. Um rochedo resiste à correnteza. Desponta sobre a água, imóvel, como um machado em riste, dividindo o tempo para nós, para que possamos chegar rapidamente ao destino. Somos aguardados. Um pássaro atrevido mergulha na rocha e pousa no meio da urze, mas logo alça voo para não mais voltar.
Somos aguardados.
Já estamos embrenhados no mar de galhos brancos de bétulas sem termos nos dado conta. Estávamos a caminho e agora chegamos. Somos aguardados. *O pouco tempo que nos resta transcorrerá aqui.*
Um pássaro sobrevoa nossas cabeças. Um promontório coberto de bétulas avança sobre o lago. O pouco tempo que nos resta.

Siss repetiu para si mesma:
Hoje voltarei ao convívio com os outros.
Será essa a razão?
O que é a razão? Uma dúvida que se choca contra a parede.
Ninguém sabe ao certo.
Siss levantou-se tão cedo que achou que seria a primeira a chegar ao local combinado. Seria mais fácil para ela. Como estava para retomar o contato com os demais depois de ter se isolado por tanto tempo, era preferível ir revendo os amigos um a um. Reencontrá-los todos ao mesmo tempo requeria uma disposição que ela talvez ainda não tivesse.
Ocorre que outros também acharam que seria uma boa ideia chegar ali primeiro, e chegaram. Quando Siss apareceu,

a reticente líder já estava no local. Sem dizer palavra e sem que ninguém soubesse por quê, ela assumiu o posto assim que Siss se distanciou. Como era uma menina forte e determinada, foi logo aceita. Siss assistiu a tudo isolada durante o inverno e passou a sentir falta da companhia da menina, mas nunca se aproximou dela. Agora deu um passo à frente e fez um gesto de cabeça desejando um bom dia. Siss disse:

— Já por aqui?

— Eu digo o mesmo.

— Achei que seria bom estar aqui quando todos chegassem — disse Siss sem rodeios.

— Sim, melhor para você assim. Imaginei que fosse. Por isso saí mais cedo, quis falar com você antes que os outros chegassem.

— E por quê?

Siss perguntou por impulso.

— Bem... Eu acho que o porquê você já sabe.

As duas estavam se testando. Não eram inimigas, ambas podiam perceber. Siss reprimira por muito tempo o desejo de ter companhia, isso podia ficar para depois, se fosse o caso. Não era uma situação confortável, ela sabia. Mas a outra tinha o cenho franzido, uma atitude incomum para ela, que costumava ser tão tranquila e gentil.

— Foi muito bom voltar para casa com você ontem, Siss. Todo mundo achou.

Siss ficou calada.

— Até você.

— É verdade — disse Siss baixinho.

— Mas agora você não vai mais escapar de nós — disse a menina tentando bancar a durona.

— *Escapar* de quê?

— Ah, eu acho que você sabe muito bem. Precisamos falar disso antes que os outros cheguem.

O tom de voz agora era um quê mais ríspido. Ela continuou:

— *Não foi* legal o que aconteceu nesse inverno, Siss.

Siss corou.

A outra insistiu:

— Por que fez isso?

— Não foi *contra* ninguém. Não foi essa a intenção — disse Siss gaguejando.

Ela estava prestes a dizer que tinha feito uma promessa, mas lembrou-se de que a menina já sabia. Já sabia mais do que o suficiente. Todos já deviam ter ouvido falar da promessa. De nada adiantava repeti-la agora. A determinada garota disse para Siss:

— Achamos que também fosse contra *nós*. Você podia contar com a gente, não?

O olhar da líder era de reprovação. Siss tentou se desvencilhar e respondeu:

— Não achei que conseguiria, por isso. E aí não procurei vocês.

— E aí se isolou, do mesmo jeito que ela se isolava.

Siss se exaltou.

— Não fale dela! Se disser qualquer coisa dela eu...!

Agora era a líder quem enrubescia, parecia nervosa e titubeava:

— Não foi isso! Não quis dizer...

Logo ela se corrigiu. Sabia que o grupo que liderava não tinha nada para se envergonhar em relação a isso. Siss também passou por esse teste e aprendeu com ele. Ela se recompôs e olhou calmamente para Siss.

Siss sentia seu carisma, percebia a força que emanava da menina. Um traço que tinha ficado oculto, mas naquele inverno viera à tona — a exemplo do que tinha acontecido com o menino da bota.

— Não se ofenda por eu ter dito isso.

— Não estou ofendida.

— Certeza?
Siss assentiu.
Precisamos ser amigas, pensou ela.
A menina perguntou hesitante:
— O que você quer nos mostrar lá?
— No gelo?
— Sim, alguma coisa importante deve ser.
— É importante, sim, só não posso dizer o que é — disse Siss impotente. — Vocês têm que ver com os próprios olhos.
— É tão estranho ouvir você falando assim.
— Nenhum de vocês sabe! Não estavam lá naquela noite!
— Não — disse a menina timidamente.
Silêncio. As duas se calaram. Queriam ficar assim por um bom tempo.
— Já devem estar chegando — disse a menina.
— Sim.
— Algum problema?
Siss estava impaciente. Encarando a estranha à sua frente, uma menina com a mesma idade. Devíamos nos olhar no espelho!, pensou ela num rompante. "Algum *problema*?", perguntou a outra. A pergunta vinha justo agora, quando parecia entrar num transe, fascinada pela outra porque sentia tudo acontecendo novamente. Siss disse:
— Sim, veja bem...
A outra esperava.
Siss retomou:
— Sabe, é tanta coisa impossível acontecendo.
— Sim, Siss.
Nada de extraordinário. Apenas um "Sim, Siss". Mesmo assim, direto no coração. Temos que ser amigas de qualquer jeito.
De repente uma sombra se intrometeu entre elas. Siss se assustou e não se conteve:
— Mas nunca vá na minha casa!

— Como assim?
— E eu nunca irei na sua!
— Por quê?
— *Ou tudo vai acontecer de novo* — disse Siss, transtornada.
A líder a segurou pelos ombros.
— Não volte a ficar assim. Estamos do seu lado. Não se desespere agora.
Siss sentia apenas o poder daquele toque.
— Está me ouvindo?
— Sim — disse Siss.
A poderosa garota a soltou. Aquele toque não podia demorar mais que isso. Siss virou-se de lado, partiu um galho de salgueiro e arrancou os brotos. Um burburinho de vozes se insinuou por trás das árvores e soava como uma libertação.
A garota disse, imperturbável:
— Enfim chegou mais gente. Acho bom que...
— Eu também.
As duas foram logo cercadas por outros três ou quatro que chegavam com um sorriso no rosto.
— Dia, Siss.
— Dia.
O plano de Siss, de recebê-los um a um, tinha ido por água abaixo. A líder pôs tudo a perder.
Vieram os outros, e eles partiram.

Taciturna, a líder não disse mais nada, apenas se misturou aos outros. Na frente do grupo ia um menino. Siss deve ter reparado nele. Sem saber por quê, caminhou a seu lado durante um bom tempo. Foi ele quem a tocou com a ponta da bota naquele dia terrível. E desde então se tornou um dos líderes. Bem que ele tentou se aproximar em outras ocasiões, mas em nenhuma delas teve sucesso como naquele dia.
Ela achou que devia dizer alguma coisa:

— Você conhece o caminho mais curto?
— Sim — ele se limitou a dizer.
— Vem aqui sempre?
— Não — respondeu, querendo encerrar a conversa.
Siss desacelerou.
Como devo me comportar hoje?

O grupo seguia exultante pela floresta. Por vezes, se espalhava e, depois, voltava a se reunir.

Envergonhada, Siss percebia que continuava sendo o centro das atenções. Mas não era uma sensação incômoda. Antes inflexível e austera, a líder agora parecia apenas mais uma do grupo. Os demais queriam se acercar de Siss, mas sem nada dizer, pois aquele passeio era especial e queriam deixar muito claro que estavam cientes disso.

Ninguém destoava daquele clima. Caso alguém se arvorasse a tentar seria interrompido por um silêncio hostil e compreenderia. Todos sabiam que estavam indo prestar uma homenagem.

O castelo de gelo era especial para Siss, eles sabiam. Não foi à toa que ela quis que a acompanhassem nessa visita. Eles aceitaram o convite, por isso não era um simples passeio, mas uma ocasião solene.

Haviam chegado ao primeiro vale.

Atravessariam uma série de pequenos vales hoje. O sol estava pleno, aquecendo a urze e a relva pálida do ano anterior. Havia um cheiro no ar, um cheiro do tempo em que eram crianças e ficara guardado para sempre dentro de cada um. De um tempo em que tudo ainda era novidade. Nesse cheiro havia um pouco disso. Solenes eles iam, mas o som dos pífaros os deixava de olhos bem abertos.

Siss caminhava bem no centro. Se tentasse ir para o lado, um círculo logo se formava em torno dela. Ela olhava para a líder, quieta e sisuda, e pensava: Eles não precisavam fazer isso.

No primeiro vale. Depois, mais uma colina — e lá do alto a cachoeira já estaria visível, eles sabiam. Por isso mesmo, subiram apressados.

Chegaram e lá estava ele. Bem ao longe despontava o enorme castelo de gelo emoldurado pelo solo enegrecido da primavera. Ainda não tinha sido despedaçado pela correnteza.

Siss percebeu que estava sendo observada.

— Vamos fazer uma pausa para descansar aqui? — perguntou ela.

Na verdade ela não queria, assim como ninguém naquele grupo tão cheio de energia precisava descansar, mas eles se sentaram um pouco para admirar o castelo e a cachoeira.

Não era assim que deveria ser? O garoto que liderava a caminhada aproximou-se e lhe perguntou discretamente:

— Vamos voltar?

Ela ficou levemente irritada.

— O quê? Voltar?

Será que ele estava certo? Quem sabe ela estivesse tentando evitar algo? Do que ela sentia medo? Ela não sabia ao certo.

— Por que essa pergunta? Não vamos voltar.

— Está bem — ele disse. — Então não podemos ir andando?

— Claro que sim.

O grupo não se dispersaria ainda e seguiu como antes, todos unidos por aquela ocasião especial. A pequena procissão chegou então ao segundo vale. Um declive acentuado no terreno. O castelo e a cachoeira logo sumiram de vista.

Mas desta vez é por Siss.

Eles seguiram em absoluto silêncio. Quem quer que os visse no pátio da escola num dia qualquer não diria que eram as mesmas pessoas.

Agora não falta muito...

Mas não falta muito para quê?

Siss ficou nervosa ao chegar no coração do segundo vale. Sabia o que aquilo significava, não havia mais escapatória — e afinal queria mesmo estar ali, envolta numa teia que ela própria havia tecido.

Em silêncio, ela repetia nervosamente o que estava para acontecer: agora preciso voltar a conviver com eles.

Nesse vale era preciso também transpor um riacho. Sem dificuldade, eles saltaram sobre o obstáculo. Não queriam parar, tinham pressa para chegar ao topo da colina — queriam retomar a visão do destino, só que desta vez mais de perto.

Era uma ocasião solene, sim, mas esse trecho do percurso foi vencido com afobação, tão apressados que estavam para chegar lá antes que o castelo viesse ao chão. Uma corrida aos trancos e barrancos.

Agora já era possível ouvir o barulho da queda-d'água, ainda não tão nítido como no alto da colina que estavam prestes a subir.

Ao chegarem lá, o castelo se descortinou inteiro para eles. Ainda um pouco adiante, mas em toda sua majestade. Não pertencia a este mundo, e no entanto esteve ali durante tanto tempo, se projetando diante deles.

Ninguém descuidava de Siss. A visão do castelo impressionou a todos. A líder foi até ela e lhe perguntou em voz baixa:

— Quer voltar?

Deviam estar convencidos de que Siss estava com medo. Pela segunda vez, a mesma pergunta.

— Não, por que a pergunta?

— Não sei. Você parece um pouco estranha.

— É só impressão sua. Vocês não querem ir até lá?

— Este passeio é *seu*, você sabe muito bem.

— É verdade — Siss teve que admitir.

— Por isso não tem problema se dermos meia-volta aqui. Você dá a impressão de que é isso que quer.

— Não é nada disso.

Siss olhou impotente para a líder, que a encarava firme e confiante, sem ter a menor ideia das memórias que ela guardava do castelo.

— Está bem então. Você está decidida a ir. — A garota virou-se para os outros e disse que seguiriam imediatamente para a cachoeira, e lá fariam uma pausa para um lanche.

Desceram pelo terceiro vale. Ninguém ia na frente. O clima solene permanecia.

Ao chegarem no terceiro vale, depararam com um terreno bastante acidentado, cheio de troncos e arbustos. Não tiveram escolha a não ser percorrer esse trecho desagrupados. O riacho estava novamente correndo em seu leito, transbordando de água e espuma nas margens.

Siss estava sozinha atrás de um arbusto quando viu alguém se aproximando. Era o líder, que agora já não mais liderava. Ela o olhou nos olhos e percebeu algo mais. Perguntou sem cerimônia:

— O que você quer?

— Não sei direito — ele disse.

Ela percebeu que ele não conseguia desviar o olhar. Ele disse:

— Ninguém consegue nos ver aqui.

Siss retrucou:

— Não, ninguém no mundo inteiro.

— Podemos saltar sobre o riacho — ele disse.

Ele a segurou pela mão e os dois saltaram juntos. Foi estranho, mas passou. Ele continuou a segurando pelo mindinho passados alguns metros. Era estranho do mesmo jeito, aquele dedinho se acomodando na palma de sua mão. Como se tivesse vida própria.

Em seguida os dois soltaram-se as mãos e deram a volta em torno do arbusto para reencontrar os outros.

***

Haviam chegado ao sopé do castelo, e era verdadeiramente imponente. A massa de gelo esbranquiçado e a queda-d'água torrencial. Um vento gelado soprava da cachoeira. O grupo se aproximou o mais perto que pôde. Suas roupas logo adquiriram um tom cinza, salpicadas pelas gotículas. O vapor d'água jorrava bem do meio do castelo para novamente se precipitar no chão. O ar vibrava.

Seus lábios se abriam, mas eles não diziam palavra. Simplesmente admiravam aquele cenário fantástico, boquiabertos. Água jorrando infinita, tudo era colossal, e era preciso recuar um pouco para poder conversar.

Um círculo se formou em torno de Siss. Eles a trouxeram até aqui, finalmente — a expressão triunfal no rosto deles não deixava dúvidas. Estavam também impressionados, não só pelo colosso que era o castelo mas também pela ocasião.

Siss não conseguia parar de pensar nos homens que estiveram ali. A cantilena fúnebre brotou em meio ao ruído, e com o tempo foi crescendo e se revelando: sim, agora ela se lembrava nitidamente do que cantavam.

Mas aquilo já não existia. Teria sido em vão? Não, nada foi em vão, quem esteve ali naquela noite jamais esquecerá.

Mas em breve o castelo de gelo fará parte do passado, e em seu lugar a paisagem ressurgirá como um dia foi, apenas a cachoeira selvagem que não se importa com nada, que preenche o ar, abala a terra e nunca se detém.

Tudo voltará a ser como antes, Siss.

Alguém a puxou pelo braço enquanto ela se perdia em devaneios sem fim.

— Siss, não quer comer alguma coisa?
— Estou indo.

Ela despertou e se viu cercada por rostos amistosos. Todos demonstrando que a queriam ali, deixando o clima solene de lado.

Pouco tempo depois, já estavam escalando o gelo o mais rápido que podiam, acompanhando a íngreme coluna de vapor d'água. Lá embaixo podiam ver com detalhes como o castelo se prendia aos bancos de areia com suas garras de gelo penetrando as rochas, as cavernas e as árvores. Mesmo assim, a correnteza seria forte o bastante para libertá-las. O derretimento, embora invisível, estava em pleno andamento e se aproximava de um nível crítico. Um cabo de guerra inconcebível estava se desenrolando o tempo inteiro ali.

No topo, o gelo era o mesmo de sempre. Branco e reluzindo ao sol, sem uma só mácula.

— Acho que podemos subir! — alguém gritou no meio do grupo.

Siss reagiu e lembrou-se da cena que havia imaginado quando estava deitada em casa.

— Não podemos, é perigoso — disse ela, mas ninguém lhe deu ouvidos por causa do barulho da cachoeira.

— Sim, vamos lá! — o líder disse e passou correndo diante de Siss.

Todos saíram atrás dele. Até Siss, sem atinar o que estava fazendo. Assim que pôs os pés lá em cima, sentiu a enorme massa tremendo.

— Não estão sentindo? — gritou ela o mais alto que pôde. Ninguém lhe deu ouvidos. Todos se esgoelavam ao mesmo tempo. Era uma gritaria só.

— Iupiiiii! — berrou uma menina despreocupadamente, como se o castelo estivesse solto e deslizasse pela correnteza abaixo banhado pela espuma. — Iupiiiii!

Seus olhos brilhavam de uma forma estranha. Eles escalavam até o topo num lugar, em outro engatinhavam sobre as cúpulas, no meio das fendas. Tomando *algum* cuidado, é claro. Não se arriscavam cegamente, pois sabiam que era perigoso e jamais teriam permissão para agir assim caso um adulto estivesse por perto. Ensimesmada, Siss não prestava atenção em mais ninguém. Ela também tinha aquele mesmo brilho no olhar. E então veio a rachadura.

Bum!, ecoou o estrondo, bem debaixo deles, na base do castelo. Uma explosão ou algo parecido. Um badalo de um sino que precisasse soar. Mas era uma *rachadura*. Um som que antecipava a destruição. Submetido à tremenda pressão que estava, o castelo de gelo cedera em algum lugar. Era o primeiro aviso fatal.

Mais alto até que o ruído da cachoeira.

Todos que estavam lá em cima ficaram lívidos e saltaram, ou engatinharam, o que fosse mais fácil, para a terra firme antes que ele viesse abaixo. Não tinham a menor vontade de despencar com o gelo, queriam continuar vivos.

Não, não!, Siss pensou o mesmo e salvou a própria pele. Apesar disso, o risco que correu chegou bem perto do que havia imaginado naquela noite.

Em segurança, com os dois pés fincados no chão, todos pararam para assistir à destruição. Ela não veio. Nada mais acontecia. O gelo permanecia intacto. Foi um único *bum!* e depois nada mais aconteceu. O rio vinha jorrando num volume cada vez maior, mas o castelo resistia ao ímpeto da correnteza.

Um tanto assustados, eles desceram pela cachoeira esbanjando confiança, uma vez que tudo deu certo. Teriam uma bela história para contar. Mas não queriam partir ainda. O castelo de gelo ainda os mantinha por perto. Seus olhos ainda reluziam.

E reluziam também em direção a Siss, apesar de ela não conseguir vê-los do lugar em que estava. O frenesi que tomou conta deles no alto do castelo havia passado. Mas será que não se davam conta de que era impossível continuar ali? Não, decerto que não, não tinham motivos para isso. Para eles, tudo era pretexto para diversão.

Será que repararam na expressão no rosto de Siss e ficaram decepcionados com ela? Mas eles precisavam saber que não era possível ficar naquele lugar. O ruído eterno da cachoeira podia preencher céus e terras, mas ainda não era capaz de preencher um certo vazio. Os outros não sabiam disso, tudo que enxergavam com aquele brilho no olhar era a aventura.

Ela ergueu a voz novamente e disse:

— Não posso mais ficar aqui.

Ninguém perguntou por quê.

A líder se aproximou e disse:

— Você já vai embora?

— Não. Só quero ficar um pouquinho mais afastada.

— Está bem, já voltamos a nos ver.

Siss se foi caminhando lentamente pelo meio do bosque, pela trilha que todos teriam que percorrer para voltar para casa.

Não, não vou mais ficar longe deles.

É *com eles* que quero ficar agora.

Ela tomou uma trilha entre árvores e arbustos e se sentou em uma pedra. A floresta decídua estava nua e as árvores em volta eram visíveis, galho atrás de galho, desde longe. Sentada no meio de uma colina íngreme, Siss ainda ouvia o ruído abafado da cachoeira, que dava a impressão de sacudir o ar em volta. Selvagem e incessantemente. Sem fim agora, sem fim no futuro.

E refletiu a respeito da maneira como os outros se comportaram diante dela naquele dia. Da próxima vez, preciso tentar ser diferente. Mas como?

Sentada na pedra, ela ruminava esses pensamentos. Sempre na expectativa de ouvir o enorme estrondo que estava prestes a acontecer. Mas ele não vinha: era só o barulho incessante de sempre.

Em todo caso, acabou.

Tudo isso chegou ao fim. Tinha que chegar.
Hoje de verdade vou descumprir a promessa que fiz.
Devo à tia ser capaz de descumpri-la.
Ainda nem sei se devo.
Mas quero.
Graças à tia.
Vou escrever para ela assim que souber seu novo endereço.

Siss não se demorou muito sem companhia. Não veio a turma toda, mas um galho seco estalou no chão macio da floresta nua — e então dois vultos esguios cruzaram seu caminho: a garota e aquele garoto. Os dois se aproximavam juntos.

Ela sentiu um alívio e se pôs de pé, com a mente ainda um pouco confusa. Os dois haviam chegado.

7.
O castelo desmorona

Ninguém consegue testemunhar quando o castelo vem abaixo. Acontece à noite, quando todas as crianças já estão na cama.

Ninguém se sente tão envolvido a ponto de querer presenciar. Uma onda de choque de um caos silencioso provavelmente faz vibrar o ar no interior de cômodos bem longe dali, sem que ninguém sequer acorde para perguntar: "O que foi isso?".

Ninguém toma conhecimento.

Agora, o castelo desmorona pela cachoeira levando embora todos os seus segredos. Primeiro uma grande atribulação, e em seguida nada mais.

Uma grande convulsão na noite de primavera meio clara, meio fria, sem vivalma. Uma explosão rumo ao nada, desde as entranhas que vacilam e colapsam. O moribundo castelo de gelo emite um urro gutural em sua derradeira hora, quando se desgarra e precisa ir. Agonizando, como se dissesse: *Aqui habita a treva.*

A violenta correnteza o despedaça inteiro e ele mergulha na espuma branca da cachoeira. Os blocos maciços abalam-se uns contra os outros e se fragmentam, expondo-se ainda mais à inclemência da torrente. O gelo é represado, rompe obstáculos e rola encosta abaixo pela larga calha do rio, para logo deslizar para longe e desaparecer numa curva mais adiante. O castelo inteiro some da face da Terra.

Pelas margens do rio veem-se rasgos e cicatrizes, seixos revirados pela praia, árvores destroncadas e galhos macios que tiveram apenas a casca arrancada.

Os blocos de gelo seguem seu curso rumo ao lago à jusante, acelerando e revolvendo-se sem parar, e se dispersam antes que alguém tenha despertado do sono ou mesmo cogitado dar por eles. Ali, continuarão flutuando à deriva, mal despontando acima da superfície da água, até derreterem completamente e deixarem de existir.

*This translation has been published
with the financial support of NORLA.*

Is-slottet, Tarjei Vesaas © Gyldendal Norsk Forlag AS, 1963. Todos os direitos reservados. Esta edição em português foi publicada mediante acordo com Gyldendal Norsk Forlag AS e Vikings of Brazil Agência Literária e de Tradução Ltda.

Todos os direitos desta edição reservados à Todavia.

Grafia atualizada segundo o Acordo Ortográfico da Língua Portuguesa de 1990, que entrou em vigor no Brasil em 2009.

capa
Julia Custodio
foto de capa
Erol Ahmed/ Unsplash
foto de verso de capa
Max Fuchs/ Unsplash
preparação
Mariana Donner
revisão
Ana Alvares
Tomoe Moroizumi

Dados Internacionais de Catalogação na Publicação (CIP)

Vesaas, Tarjei (1897-1970)
O castelo de gelo / Tarjei Vesaas ; tradução Leonardo Pinto Silva. — 1. ed. — São Paulo : Todavia, 2023.

Título original: Is-slottet
ISBN 978-65-5692-384-0

1. Literatura norueguesa. 2. Romance. I. Silva, Leonardo Pinto. II. Título.

CDD 839.833

Índice para catálogo sistemático:
1. Literatura norueguesa : Romance 839.833

Bruna Heller — Bibliotecária — CRB 10/2348

todavia
Rua Luís Anhaia, 44
05433.020 São Paulo SP
T. 55 11. 3094 0500
www.todavialivros.com.br

fonte
Register*
papel
Pólen natural 80 g/m²
impressão
Geográfica